世界民间故事

韦苇◎编译

长江出版传媒　长江文艺出版社

图书在版编目（ＣＩＰ）数据

世界民间故事 / 韦苇编译. -- 武汉：长江文艺出版社，2020.1（2020.8 重印）
（统编小学语文教科书指定阅读书系. 名师讲读版）
ISBN 978-7-5702-1203-3

Ⅰ.①世… Ⅱ.①韦… Ⅲ.①儿童故事－民间故事－作品集－世界 Ⅳ.①I18

中国版本图书馆 CIP 数据核字(2019)第 174230 号

责任编辑：钱梦洁	责任校对：毛 娟
整体设计：一壹图书	责任印制：邱 莉　胡丽平

出版： 长江出版传媒　长江文艺出版社
地址： 武汉市雄楚大街 268 号　　邮编：430070
发行： 长江文艺出版社
http://www.cjlap.com
印刷： 湖北画中画印刷有限公司

开本：640 毫米×970 毫米　　1/16　　印张：11.75
版次：2020 年 1 月第 1 版　　2020 年 8 月第 2 次印刷
字数：102 千字

定价：20.00 元

版权所有，盗版必究（举报电话：027—87679308　87679310）
（图书出现印装问题，本社负责调换）

我们这样来读民间故事

这是一本世界民间故事集,给我们介绍了意大利、俄罗斯、乌克兰、蒙古、伊拉克等国家的50个民间故事。国家的众多、故事的多样,是韦苇老师精心编译的一本佳作。面对这样的故事总集,我们该如何来读呢?不妨试试下面的方式。

初读,让我们"为故事内容而读"。

民间故事一般都是流传于老百姓这样的普通人之中。最早的时候甚至因为没有纸张来记录,停留在人们的口中。口口相传往往是民间故事存在与相传的主要形式。正因为如此,它的篇幅长度一般来说都不会很长,故事情节不会过于曲折,出现的人物也不会太多。所以,它的故事很容易阅读。而且也因为它要让不同年龄甚至不识字的人都能够听懂,整个故事很轻易就能知道它在讲什么。我们拿起这本书,先不要想这个,想那个,先去试试自己可以读懂哪些故事,即便我们会遇到什么不认识的字,弄不懂一些词语,都没有关系,先不去管它,我们先去看看这些故事讲的是什么，想想"什么人在什么地方，什么时候谁与谁发生了什么事情"。如果这些字、这些词真的影响到你的阅读，也没有什么大不了的，我们先用一个圆圈或者一个方框将它们"关"起来，等到我们痛快地将故事读完后，再用字典等工具书将它们"放"出来。读懂它们，是我们拿到这本书后最初也是最重要的任务。

再读，绘制自己的"阅读旅行地图"。

有时候，阅读就是一场说走就走、说停就停的旅行，不必担心有勤快的导游来催促我们，也不会担心跟不上别人的步伐。这么多故事，来自不同的国家，甚至有的国家同时有好几个故事，我们可以试着去绘制我们的"阅读旅行地图"，可以简单做一个以下的罗列。

国家：……
民族：……
这里的特别风景：……

如果觉得不够挑战，不够刺激，你可以翻开世界地图，先将这些国家分分类，看看他们是属于哪个洲，然后再来绘制你的"阅读旅行地图"。

洲名：……
国家组成：……
这里有与其他洲哪些不同的东西：……

这是表格式的地图，我们还可以先将实际的地图画出来，在上面标注这些内容，或许这样，只属于你的阅读旅行手绘地图就诞生了。如果以后有机会再读到这个国家的其他作品，你还可以继续添加，那么我们就可以真的到了这个国家了。倘若有机会去这个国家实地旅行，你就可以做同行伙伴的导游了，这是一件多么令人骄傲的事情呀！

三读，与书中的人物对话。

每一个民间故事里，都有一个让我们佩服而又喜欢的人物。他们或许跟我们的肤色、语言不同，经历的事情更是不同，他们的身上有着我们太多的疑问与好奇。有时候我们读完他们的故事，真的很遗憾不认识他们，不能感同身受，不过没有关系，我们再读读，边读边试着与书中的人物来一场对话。

我们一边读一边想想我们要问书中的人物什么问题，如果一时没有想出更好的问题，你可以试试下面的这些问题：

a. 问书中人物一个"假如"的问题，写在故事的旁边。

b. 问书中人物一个"为什么"的问题，写在故事的旁边。

c. 问书中人物一个"怎么样"的问题，写在故事的旁边。

d. 给书中人物一点"忠告"，写在故事的旁边。

e. 给书中人物一点"赞美或鼓励",写在故事的旁边。

如果你这样去做了,仍觉得他们太散乱了,你可以将这些问题放在一起,写一封小小的信给书中的人物。或许做完这些,你就可以与书中的人物进行对话,幸运的话,你或许还能够成为他们的朋友呢。

不知道你有没有足够的耐心读到这里,也不知道你有没有胆量按照上面的方法将这本书读三遍,或许这是一个很大的挑战。不过,如果你真的这样做了的话,读完的那一刻,你就会发现世界民间故事的秘密了。等到那个时候,你再来告诉我好吗?

深圳市福田区小学语文首席教师
著名儿童阅读推广人
李祖文

目 录

三只会唱歌的苹果

(意大利民间故事)／001

灰额猫、山羊和绵羊

(俄罗斯民间故事)／008

庄稼汉怎样在老爷家美餐一顿

(苏联白俄罗斯民间故事)／013

兔油

(苏联乌克兰民间故事)／016

用人和王爷

(蒙古民间故事)／019

喇嘛和木匠

（蒙古民间故事）/ 022

搬运夫的真理

（非洲民间故事）/ 026

阿凡提和骑士

（苏联吉尔吉斯民间故事）/ 028

阿尔达的白羊

（苏联吉尔吉斯民间故事）/ 030

彼得的故事

（保加利亚民间故事）/ 036

小法官审案

（伊拉克民间故事）/ 040

机灵的小男孩

（以色列民间故事）/ 046

机智的法官

（印度民间故事）/ 049

机灵的游乞人

（蒙古民间故事）/ 051

一个和三个

（印度尼西亚民间故事）/ 055

名副其实的抓饭
（苏联塔吉克民间故事）／058

三个商人一只猫
（印度民间故事）／064

落水的瓦罐
（印度民间故事）／069

爱吹牛的猎人
（苏联塔吉克民间故事）／071

水里来水里去
（保加利亚民间故事）／073

三个贼
（非洲民间故事）／075

一猜就准的猫头鹰
（波兰民间故事）／077

三个猎人
（苏联哈萨克民间故事）／082

野鹅怎样把人带上了天
（苏联拉脱维亚民间故事）／087

聪明人怎样救人下树
（阿富汗民间故事）／090

皇帝和梅花雀

（苏联格鲁吉亚民间故事）/ 092

人怎样斗过了狼

（苏联拉脱维亚民间故事）/ 096

果然不出捕鸟人所料

（印度民间故事）/ 099

魔琴

（斯洛伐克民间故事）/ 101

恶魔

（马来亚民间故事）/ 105

神奇的树皮鞋

（俄罗斯民间故事）/ 108

打吧，木杵

（阿尔巴尼亚民间故事）/ 114

村长和恶魔

（阿富汗民间故事）/ 119

老虎是怎样变出来的

（柬埔寨民间故事）/ 122

蚂蚁姑娘

（阿富汗民间故事）/ 125

萤火虫和猴子
（菲律宾民间故事）／129

饿狼
（乌兹别克民间故事）／133

大海妖、狐狸和鱼
（以色列民间故事）／135

夜莺
（乌克兰民间故事）／138

兔子吓住了老虎
（越南民间故事）／140

随机应变的兔子
（缅甸民间故事）／143

老虎敲鼓
（越南民间故事）／147

为什么老虎爱吃猴
（印度尼西亚民间故事）／150

鹿和葫芦
（苏联乌兹别克民间故事）／155

猫头鹰怎样学唱歌
（苏联爱沙尼亚民间故事）／157

为什么猫在早餐后才洗脸
（苏联立陶宛民间故事）／161

自己暗算自己
（阿拉伯民间故事）／163

门德拉斯的贼
（阿拉伯民间故事）／165

守财奴和砍柴人
（阿拉伯民间故事）／169

面包和金子
（阿拉伯民间故事）／171

三只会唱歌的苹果

（意大利民间故事）

从前有个小牧羊人，他虽然个头很小，但整天喜欢调皮捣蛋。有一天，他放羊时，看到一个卖蛋女人头顶一篮子鸡蛋路过，他顽皮地将一枚石头扔进了鸡蛋篮里，把人家的鸡蛋全打碎了。这一下，可把卖蛋的女人给气坏了，她生气地诅咒小牧羊人："哼，你这一辈子就别想长大了！除非你能找到巴格琳娜，她有三只会唱歌的苹果。"

发生了这件事之后，小牧羊人变得越来越瘦小，虽然他的妈妈十分疼爱他，但仍改变不了他日益地瘦小下去。终于有一次，他的妈妈忍不住问他："你到底发生了什么事情？是不是做了什么坏事，人家诅咒你啦？"于是，他只好将自己对卖蛋女人恶作剧的事情说了出来，把她诅咒自己的话复述了一遍："哼，你这一辈子就别想长大了！除非你能找到巴格琳娜，她有三只会唱歌的苹果。"

"哎！如果是这样的话，"他的妈妈说，"你也没有其他的办法了,那就去寻找巴格琳娜吧!"

于是,小牧羊人离开了家,去寻找巴格琳娜。这时,他走到一座桥上,看见一个袖珍的小姑娘坐在榛子壳里悠闲地摇晃着。

"请问你是谁呀?"小姑娘问。

"一位路过的朋友。"

"请向上拨一下我的眼皮,好让我看清楚你。"

"你好,我正在寻找有三只会唱歌的苹果的巴格琳娜,你知道她现在在哪儿吗?"

"对不起,我不知道,不过你可以带着我给你的这块石头,它迟早对你有用。"

随后,小牧羊人又来到了另一座桥旁边,看见一个袖珍的小姑娘正在一个蛋壳里洗着澡。

"请问你是谁呀?"小姑娘问。

"路过的一位朋友。"

"请向上拨一下我的眼皮,好让我看清楚你。"

"你好,我正在寻找有三只会唱歌的苹果的巴格琳娜,你知道她现在在哪儿吗?"

"对不起,我不知道。不过你可以把我的这把象牙梳子带去,它迟早对你有用。"

于是,小牧羊人接过梳子,装到了自己的口袋里,接着赶路。这时,他来到了一条小溪边,看见一个人正将雾装入口袋里。小牧羊人上前问他是否知道巴格琳娜,他回答说自己并不知道,但送给了小牧羊人一口袋雾,并说它总会有用的。

接着，小牧羊人来到了一座磨坊，磨坊主是一只会说话的狐狸。它对小牧羊人说："我知道巴格琳娜在哪儿，但你要想见到她十分困难。你要一直朝前走，走到一座敞开着大门的房子前面。走进去后，你会发现一只挂着许多小铃铛的水晶鸟笼，那笼子里就放着会唱歌的苹果。你要拿走这只鸟笼，千万要留神守着它的老婆婆。如果她的双眼是睁着的，说明她在睡觉；如果她的双眼是闭着的，说明她肯定是醒着的。"

听完这番话，小牧羊人继续赶路。进了房子以后，他发现老婆婆的眼睛是闭着的，便知道她并没有睡觉。"小伙子，"老婆婆开口道，"你过来，帮我找找看，我的头发里有没有虱子？"

在小牧羊人为老婆婆捉虱子的过程中，老婆婆终于睁开了双眼，他便知道她睡着了。于是，他迅速拿着水晶鸟笼跑了出去。但是，鸟笼上的小铃铛叮叮当当地响了起来，把老婆婆给惊醒了。老婆婆一怒之下，派了一百名骑兵去追小牧羊人。眼见后面的骑兵就要追上自己了，小牧羊人赶紧掏出自己口袋里的那块石头扔到了身后，石头立刻变成了一座有着悬崖陡壁的高山，那些追来的马匹全都掉了下去，跌断了腿。

那些骑兵失去了马，追不上小牧羊人了，只好步行返回。于是，老婆婆又派了两百名骑兵去追赶小牧羊人。小牧羊人一看情况不妙，又将那一把象牙梳子扔到了身后，

梳子立刻变成了一座光滑透亮的玻璃山，第二批骑兵全都滑下去摔死了。

老婆婆不死心，又派了三百名骑兵去追赶。小牧羊人灵机一动，将那一口袋雾向身后放出去，结果骑兵们全都被大雾给困住了，迷失了方向。跑了这么久，小牧羊人感到十分口渴，四处看去，也没有什么能够解渴的东西，于是他将鸟笼中的三只苹果拿出一只来，准备切开来吃。突然，有一个细微的声音对他说："请你小心地慢慢切，否则会刺伤到我。"于是，他小心翼翼地切开苹果，吃了一半，然后将另一半装到自己的口袋里。随后，他来到自己家附近的一口水井旁边，伸手去摸口袋里的那一半苹果，结果竟掏出来一个十分袖珍的小姑娘。

"你好，我就是巴格琳娜，"小姑娘说，"我饿了，请给我拿一只饼来充饥。"

这口水井的井盖中间有一个圆洞可以用来汲水。小牧羊人让袖珍小姑娘坐在井边等他，然后就回家去拿饼了。

恰好这时，一个被叫作"丑奴隶"的仆人前来打水，发现了袖珍小姑娘，她生气地说："为什么你长得娇小又美丽，而我却生得粗笨又丑陋？"她越说越气愤，竟把袖珍小姑娘扔进了水井里。

小牧羊人取来饼后，却发现巴格琳娜不见了，他难过极了。

小牧羊人的母亲每天都来这口井打水。一天，她从井里打完水后，发现桶里竟然有一条鱼。她把鱼带回了家，做成了菜。小牧羊人和他的母亲吃了鱼，他们顺手把鱼骨头扔到了窗外。神奇的是，扔鱼骨头的地方竟然长出了一棵树，它长得高大又茂盛，把小牧羊人家的光线都给遮住了。于是，小牧羊人将树砍了，然后将树干和树枝劈成木柴放到家里用。这时，小牧羊人的母亲已经离世了，他独自生活。他比以前更加瘦小了，无论使用什么办法，他也总是长不大。他每天白天外出放羊，晚上回家。奇怪的是，每天晚上他回到家里时，总是发现早晨用过的锅碗瓢盆都已经被洗得干干净净了！他不知道是谁在帮他收拾家务。有一天，他装作出门去放羊，其实是藏在门后暗中观察。这时，他看到了一位美丽的姑娘从柴火堆里钻了出来，然后有条不紊地做起了家务：打扫房间、叠衣服和被子、清洗碗筷……收拾完后，姑娘打开厨房的食橱，拿出一只饼来吃。

这时，小牧羊人迅速从门后跳出来，问姑娘："你到底是谁？是怎么进到我的家里来的？"

"我是巴格琳娜，"姑娘不紧不慢地回答，"就是你掏剩下的那半只苹果时看到的小姑娘。'丑奴隶'把我扔进了水井里，我变成了一条鱼，接着又变成鱼骨头被扔在你家的窗外。后来，我又变成了树种，长成了一棵参天大树，最后又变成了你劈成的木柴。现在，你每天外出放羊的时候，我就变成了巴格琳娜。"

终于，小牧羊人重新找到了巴格琳娜，他的个头飞快地往上长，巴格琳娜也随着他一起长大了。最终，小牧羊人变成了一位英俊的小伙子,他与美丽的巴格琳娜结了婚,两人举办了盛大的庆祝宴会。那时我也刚好在场,是在一张桌子底下,人们丢给我一块肉骨头让我尝尝,不巧正打在了我的鼻子上,从此它就粘在那儿再也掉不下来了。

灰额猫、山羊和绵羊

(俄罗斯民间故事)

从前,在一个农家的院子里,住着一只山羊和一只绵羊,它们在一起十分友爱:即使得到一把干草,也互相平分。从来不因食物而争斗,它们在院子里很守纪律,惩罚很少轮到它们头上,主人要打谁总是打猫。那只猫是个真正的小偷和坏蛋,每时每刻都要做些偷骗之类的不正当的勾当,什么东西没放好,它的肚子就不舒服,想偷吃了。

有一回,山羊和绵羊两个躺着谈心。那只猫不知打哪儿钻出来了,这是一只长着灰色前额的猫,平时喵喵喵地叫个不停,这阵子它哭得挺伤心,口里在怨诉着。

山羊和绵羊问它:

"小猫呀小猫,可爱的灰额猫,你为什么哭得这样伤心,你的腿怎么了,为什么你用三只脚跳着走路?"

"我为什么不哭呢?女主人太狠毒了,她今天打了我一顿,拉破了我的耳朵,还打伤我的腿,还说要绞死我。"

"你犯了什么错，她要把你弄死呢？"

"她要弄死我，因为我偷吃光了酸奶油。"

这只猫喵喵地又哭起来。

"小猫啊小猫，亲爱的灰额猫，你还哭什么呢？"

"我怎能不哭呢？那婆娘打了我一顿后，还说道：'女婿马上要来家里做客了，可我家连酸奶油都没有，怎么办呢，只好宰杀山羊和绵羊待客了。'"

山羊和绵羊听了，都咆哮起来。

"哎呀，你这只该死的灰额猫，你这个冒失鬼！你惹下了滔天大祸，株连我们也被判了死刑。你为什么要害我们啊？现在我们就要顶死你！"

猫连忙向它们认错，一再恳求它们饶了它。山羊和绵羊见它言辞恳切，也就不再和它计较了。然而形势依然很严峻，它们三个都得想办法保住生命，于是它们在一起交头接耳商议起来。

"喂，二哥，"猫向绵羊说，"你的脑门子不是很结实吗？你向来是个顶斗的好手，你去顶顶院子门吧，看能不能顶开。"

绵羊一蹦而起，助跑了一段后，用力朝门一顶——拴好的院子门晃了晃，可是没有被顶开。

"喂，大哥，"猫问山羊说，"你的脑门子不是很结实吗？每次与别的羊顶斗你总能赢。现在你试试看能顶开院门不。"

山羊一跃而起，先是一段紧张的助跑，然后用尽平生之力朝门一顶，拴紧的院门被顶开了。

门外的田野上，升起一团团的尘雾，草地向远处延伸，无边无际。山羊、绵羊向前跑，灰额猫跟在它们后面，用三条腿跳跃前进。

猫跑累了，央求两个结拜哥哥说：

"山羊大哥、绵羊二哥，别丢了小弟弟呀……"

山羊抱起瘫在地上的小猫，让它骑在自己的背上，它们重新越过山岭，穿过草地和流沙。

它们跑了很久很久，不分白天黑夜，只要还有一丝力气，它们就要迈步向前。

这时候，它们走到一处十分陡峭的山坡，找到一个略可容身的地方暂作休息，陡坡下面是一片收割了的田野，遍地都堆着干草堆，使整个田野看起来像座城市。

山羊、绵羊和猫决定停下来歇息。

这时已是深秋，夜晚十分寒冷，在山上露宿没有火是不行的，可是到哪儿去取火呢？

山羊和绵羊在一起商量取火的办法，它们的计议未定，灰额猫已经把桦树树皮带回来了，它牵着山羊的角，吩咐它跟绵羊互相对撞前额。

山羊和绵羊用力一撞——撞得两眼直冒金星，撞得火花从眼睛里爆出来，白桦树的树皮于是被点着了。

它们生起了火，坐下来烤火。

它们的身上还没有烤热——身后却传来了脚步声，回头一看，来了一个不速之客——一只熊：

"我想在火旁取暖，休息一下，行吗？我已经筋疲力尽了……"

"跟我们大伙一起坐下来烤火吧，熊大哥，你从哪儿来呀？"

"我上蜜蜂园子里吃蜂蜜，跟养蜂人打了一架。"

于是，它们四个在一起度过这秋天的长夜：熊在干草堆下面睡觉，猫睡在草堆上面，山羊和绵羊睡在火堆旁边。

大家刚刚入睡，忽然来了七只灰色的狼，不，还有第八只狼——全身白色的狼，它们一直朝草堆走过来。

山羊和绵羊见狼来了，吓得魂不附体，咩咩地呼喊救命。可是灰额猫却临危不惧，勇敢地站出来发表了一通讲话：

"嘿嘿嘿，尊敬的白狼大王陛下，大王驾到，我们没有前来迎接，请您多多原谅。白狼大王如果想与我们兄弟比武，我们愿意奉陪，可是您千万别触怒了我们的大哥，它脾气不好，不怒则已，一旦发怒——谁也免不了要遭殃。您看见了它的那把胡子吗？那里面蕴藏着无穷无尽的力量，它与野兽搏斗，就用那把胡子当武器，不知杀死了多少野兽。至于它的尖角，仅仅是后备的武器，主要用来剥野兽的皮。我看您还是恭恭敬敬地走上前去向他请安为好。您可以对它说：'本大王久仰壮士大名，如雷贯耳，今日比武不必劳壮士大驾，我们只希望和您的小弟弟玩玩，比比力气，也就是和躺在草堆下面的那一位。'"

这群狼见猫说得有理，便向它鞠躬致意，转身去把熊围住，故意惹它生气，要与它较量一番。大熊见它们数目多，尽量克制住自己，一步步退让，最后被迫不过，便鼓起了全身力气，一手抓起一只狼来。其余的狼见这位小弟弟竟有这么大的力量，都吓坏了，便一哄而散，那两只被抓的狼好不容易挣脱了身体，也夹起尾巴逃走了。

山羊和绵羊趁狼群围攻大熊的当儿，便护着灰额猫，一同跑到森林中去了。

走不多远，它们又碰到了几只灰色狼。

灰额猫利落地爬上了一棵枞树，一直攀爬到树顶，山羊和绵羊也用前腿钩住枞树的树枝，挂在树上。

几只狼站在枞树下面，磨着牙齿。

灰额猫眼看形势危急，便采取主动进攻的策略。它从树上用枞树果实扔那些狼，说：

"一只狼、两只狼、三只狼，这几只狼都给哥哥吃。我小猫还饱着呢，因为刚才我一口气吃了两只狼，连一根骨头也没剩下。大哥，你刚才说要捉几只熊来当早餐，我看不必劳驾去捉了，树下有送上口来的食物，把这几只狼都吃了吧，我应得的一份也给你吃。"

它这些话才说完，山羊挂在树上的脚一松，以羊角对准狼的姿势倒栽下来。猫只顾嚷着：

"捉住它们！捕获它们！"

这些狼吓得头也不回地四散奔逃，转眼就无影无踪了。

而灰额猫、山羊和绵羊继续向前走了。

庄稼汉怎样在老爷家美餐一顿

（苏联白俄罗斯民间故事）

一天，几个庄稼汉坐在白柳树下，嘶嘶地吸着烟斗，闲聊着他们那里的一个老爷的事。这个老爷爱打骂人，又吝啬得出奇，人们提起他，都说在他那里休想求到一小罐水喝。可有一个庄稼汉却说：

"你们自己窝囊呗！我要想吃他的，别说一小罐水，还能叫他对我设宴款待，吃个体面。"

庄稼汉们都冲他嚷嚷：

"说真的，你要真能在老爷那里美餐一顿，我们白给你两头牛。"

他们打了赌，个个发誓守约。

于是，这个庄稼汉走到老爷跟前，深深鞠了一躬，小声儿对老爷说：

"好心的老爷，我谁也没有告诉，直接跑来向您打听，您做做好事。老爷，请您告诉我，这么大一块金子值多少钱?"

庄稼汉说着,伸出他粗壮的拳头比了比金块的大小。

老爷对金子当然垂涎三尺,一听就眼红了。

"请里面坐!"老爷客气地邀请他,"请里面坐,老伙计。"

庄稼汉进了老爷的客厅,用更坚定的语气问:

"请您告诉我,好心的老爷,要是这么大一块,能卖多大的价钱?"

庄稼汉把两个拳头伸出来,比画金块的大小。

庄稼汉的问话大大勾起了老爷的贪欲。老爷说:

"你坐,老伙计。你坐,在我这里喝上一盅。"

可庄稼汉还在一个劲儿地问老爷:

"好心的老爷,喝上一盅总得有点儿下酒菜才成呀。请您先告诉我,老爷,要是这么大一块金子……"

他说着,用自己的头比了比。

老爷这时连脸色都变白了,他往自己的掌心击了一拳,叫过用人:

"把伏特加酒和甜酒都给我拿来,甜菜肉汤也拿来,牛奶汤糊也拿来!你坐,老伙计,就在我这里吃饭。"

庄稼汉就跟老爷对饮开了。

老爷喝得三分酒热,才想起要问问这金块究竟在哪儿放着。

庄稼汉像老爷似的大喝大嚼——他从来也没尝到过这么鲜美的佳肴美酒啊!

等庄稼汉一吃完,老爷就抓过一只口袋说:

"现在你领我去,老伙计。这金块在哪里?"

可庄稼汉只管自己吸烟斗,脑袋摇得像个拨浪鼓:

"您说什么呀,好心的老爷,我哪有金块呀!……我只不过是向您打听打听——要是有那么大的金块能值多少钱。"

老爷这下可气坏了,对着庄稼汉怒吼起来:

"滚!滚!滚!蠢货!千刀万剐的蠢虫!"

然而,庄稼汉却这样回答他的詈骂:"好心的老爷,我倒也还不太笨哩,也不太无用处,我还赌赢了两头牛哪!"

兔 油

（苏联乌克兰民间故事）

一次，一位老爷要出远门。他雇上车夫格里茨柯，坐进了驾着两匹马的马车里，就上路了。

他们走呀走呀，一路上既不见有一家小酒店，也不见一座农舍，看不到任何行人，老爷感到寂寞了。格里茨柯却唱起山歌来，一支又一支，然后又吆喝了一阵牲口。可是老爷却默不作声。他想：一个粗俗的车夫也配和他拉话吗？

可是，走呀走呀，沉默呀沉默，老爷沉默得再也受不住了。正在这时，恰好有只兔子从林子里蹦了出来。老爷就借题拉开了话：

"格里茨柯，看见了吗，兔子？"

"哎。"

"格里茨柯，你喜欢兔子吗？"

"唔。"

"喂，你倒是说话呀！这也配叫兔子？我那林子里的兔子才叫兔子哩！是我从国外弄来的好兔种。你听见了吗？"

"喔。"

"我从国外把好兔种弄来，我像繁殖罂粟一样把它们繁殖起来。有一次，我准备出去围猎，叫上十几个人跟着我。他们把兔子都往我这里赶：一只、两只、十只、一百只、一千只……你倒是听见了吗，格里茨柯？"

"哎。"

"他们只管赶，我只需啪啪开枪，一口气打死了五十只。不相信吗？"

"为什么不？我见多了。"

又往前走呀走，沉默呀沉默。

"格里茨柯，喂，格里茨柯，"老爷说，"我那回打到了一只这么大的兔子——简直像一头绵羊。把它的皮剥了，油取来熬，结果熬出了八公斤多的兔油，想想我的那些兔子都有多大多肥吧！"

"不稀罕……"

"不过难说十六公斤多也能熬得出来的。"

格里茨柯听着听着，忽然对马喝道：

"驾——亲爱的，快过桥了，就是那座胡诌瞎吹的家伙一走上去就要断掉的桥。"

老爷听了赶马人的话，感到前面的事情不妙，就改口说：

"格里茨柯,那样的兔子是不稀罕……说实话,一只兔子能熬八公斤多兔油的事没有,几十磅倒真能熬得出来的。"

"谁不知道,兔子就是兔子。"

又往前走了一阵,老爷感到如坐针毡了:

"格里茨柯,你说的那座桥快到了吗?"

"是啊,快到啰,老爷。"

"你知道的,格里茨柯,那只大兔子几十磅兔油倒是熬不出。不过,三四磅是能熬的。"

"这和我有啥关系?三四磅就三四磅呗。"

又往前赶了一段路。

"格里茨柯,那座桥快到了吧?"

"是的,快到啦,老爷。这坡一下就到。"

"你停停,格里齐①,这只兔子真见鬼!皮包骨头,什么油也没有。一身的兔癣,一看就叫人恶心,甚至像样的肉都不长一块。"

"谁不知道,"格里茨柯说,"兔子嘛,就是兔子。"

下完了坡,老爷不由地问赶马人:

"哪里有桥呀,格里齐?"

"它呀,老爷,化啰,就像您讲的兔油一样,化掉啰。"

---

① 格里齐是对格里茨柯的爱称。

用人和王爷

（蒙古民间故事）

从前有个王爷，他有一个用人，用人身上每天都青一块紫一块的。就是因为他的主人是个酒鬼——没酒要打他，酒不好要打他，喝醉了酒更要打他。这个王爷真是可恶到家了。

有一次王爷有事到乌尔古去，照例带上了用人。王爷骑着好马在前面走，用人骑着劣马跟在后头。

他们跑了不多一会儿，天空乌云四起，远处隐隐约约滚动着沉闷的雷声。

这王爷是个胆小鬼，什么都怕，连打雷也会心惊肉跳。这下他一听见响雷，忙放眼四下里张望，想赶紧找个躲雨的地方。哪知在草原上碰到雷雨是根本无处可躲的。

他勒紧了马缰，对用人叫道：

"紧紧跟着我！跑到我身边来！"

用人跑到他身边，说：

"我怎么能够紧跟在您身边呢？我骑的是劣马，追不上您的好马呀！"

"那就是说，你没有把它放养好，懒东西！"王爷叫着，就用赶马棍狠揍那可怜的用人，直打得他险些儿从马背上摔下来。

就在这时，天空倏地扯了一道闪电，王爷顿时吓得闭上了眼。用人看见主子闭上了眼，就挥起棍棒阵阵猛敲他的头。王爷以为这是雷在劈他哩，更吓得他把头贴紧马鬃，一动也不敢动。雷打得越响，用人落手也就更重。终于在揍王爷第十下时，王爷滚落了马背，不省人事了。

用人不慌不忙地下了马，坐在神志不清的主子身旁。当他发觉主人就要苏醒过来时，便很快把头一仰，躺在地上，装作失去了知觉的样子。

王爷睁开眼，看到雷雨已经过去，便支撑着坐起身来。他浑身上下都隐隐发疼，连呻吟都发不出，一步也挪不得了。

王爷看见横在地上的用人，就挣扎着过去摇了摇他。用人睁开眼，说：

"雷雨一来，闪电一下就把我从马上打翻了下来，我现在还搞不明白我怎么还没给打死！"

王爷轻蔑地嘲笑他，大话连天地吹牛说：

"我还从来没见到过像你这般胆小的用人。你看看你的主子，雷电猛猛地劈了他十下，他连眼都不眨一眨，你只给挨了一下就滚下了马背！"

喇嘛和木匠

（蒙古民间故事）

很早以前，在某一个地方，有一个残忍的喇嘛和一个聪明的木匠。

有一次喇嘛碰上了木匠，对他说：

"所有的人都应该互相帮助，你若帮我把房子盖好，我为了感谢你，就可以祈祷上天给你降福。"

木匠说：

"只要斧头还在我手里捏着，就没有人能从我这里把幸福夺走。"

木匠说完就自个儿走了。

喇嘛恨透了木匠。他是习惯于让人家给他白干活儿的。于是，他开始想坏点子，怎样把不驯顺的木匠这颗眼中钉拔掉。他想啊想啊，终于想出一个坏主意。

他跑到皇帝面前说：

"昨晚我到了天堂，见到您亡故的先父。先父叮嘱我一定要向您转交一封手书。喏,这就是。"

他说完,把自己写的"手书"呈给了皇帝。

皇帝接过"手书"念起来:

"我想在天上盖一座庙,可这上头没有木匠,叫个自己人到我这里来。至于上天的路,喇嘛会告诉你的。"

皇帝把木匠召了去,说:

"我的父亲想在天上盖座庙,你看这就是他的手书。"

木匠看了"手书",问:

"我怎能到得了天上呢?"

"这十分简单,"恶毒的喇嘛说,"升了天的皇帝命令我把你锁进木棚子里,再把木棚烧了。这时,你骑上烟马就飞上天去了。"

木匠回到家里,把险情告诉了妻子:

"卑鄙残忍的喇嘛想把我置于死地。你快来助我做件事。"

木匠和他妻子连夜赶着在木棚子里挖一条地下通道,通往家中。他们俩紧张地挖呀挖呀,挖到天快亮时,通道总算挖成了。

中午时分,皇帝和他的随从们,还有喇嘛,一同来到木棚前。

他们把木匠锁进木棚子里,喇嘛抱来一大捆干草,贴着木棚子放好,然后点起火来。

木匠趁浓烟笼罩的时机,钻入了地下通道,回家去了。他从门缝里看着木棚被烧得烈焰腾腾、浓烟滚滚。皇帝和随从们目不转睛地望着浓烟的上头，很想看看木匠是怎样升天的。

狡狯的喇嘛也仰着头，叫道：

"看！他，他，木匠！浓烟裹着他，直往天上送呢！"

于是，大家祝愿木匠能很好地完成先皇交给的任务，然后各自策马回去了。

整整一个月，木匠都在家里待着，一天三次用马奶洗脸和手。很快，他的皮肤变得比春天的白云还要白。

一个月过去了，木匠穿上白绸衣去见皇帝。

"先皇让我回到地上来，命令我把手书转交给您。"木匠说。

皇帝接过"手书"，上头这样说：

"木匠为我盖的庙很漂亮，为此你应当给他奖赏。现在叫喇嘛到我这里来三天。庙里没有喇嘛，就比空蒙古包还糟。喇嘛上天，就顺着木匠走过的那条路行了。"

皇帝赏赐给了木匠一头骆驼、一百大箱茶叶，还有一副马鞍，然后吩咐他去传喇嘛来见。

喇嘛猛一见木匠，这么白生生的脸，这么白生生的手，上下又穿一身白衣裳，感到惊异万分：他还活着，这是怎么一回事？

皇帝把天上父皇的"手书"给喇嘛看，命令他赶快准备上天。

喇嘛心中琢磨道："如果一个普普通通的、看着不起眼的木匠能上天，又能活着回到地上来，我总比他要强吧。"

第二天正午时分,皇帝和他的随从们,还有木匠,一起来找喇嘛。他们把喇嘛锁进了木棚子,木匠抱来一捆干草,把木棚子点上了火。

喇嘛在浓烟里呛死了。

往往有这样的事情:为别人准备死亡的时候,自己的灾难也正在潜入家门。

 **搬运夫的真理**

（非洲民间故事）

一个骗子买了一箱玻璃器皿，想找个搬运夫帮他扛回家去。他找到了个搬运夫，便对搬运夫说："你是要我付给你工钱呢，还是要我告诉你三个真理？这两样任你挑选一样吧。"

搬运夫挑选了真理，因为真理能管一辈子用，而钱是每天都可以挣得的。他们说定后，搬运夫就"嗨"的一声把箱子扛上了肩。

约莫走了三分之一的路，搬运夫对骗子说："先生，你这箱子真沉，快把第一个真理告诉我吧，这样我扛起来才来劲。"

于是骗子对他说："要是有人对你说，做奴隶比自由还好，你莫信他。"

搬运夫这时心里明白过来了：这位先生是个骗子，因为他告诉的是人人所知的常识。可他还是忍在心中。

又约莫走了三分之一的路，搬运夫请求告诉第二个真理。骗子对他说："要是有人对你说，贫穷比富裕还好，你莫信他。"

他们一直走到骗子家。搬运夫说："我十分喜欢你说给我的两个真理，现在你说给我第三个真理吧，我好把箱子卸在地上。"

骗子说："要是有人对你说，挨饿比吃饱还好，你莫信他。"

"先生，请让开点！"搬运夫说，"我要卸箱子了。"说完，就把箱子高高举起，然后猛摔到地上。

这时，搬运夫对骗子说："要是有人对你说，你的箱子里还有一块玻璃是好的，你莫信他。"

阿凡提和骑士

（苏联吉尔吉斯民间故事）

阿凡提养了一只肥羊。有一天，他的家里来了几个年轻的骑士，他们想开开阿凡提的玩笑，就说：

"唉，阿凡提，明天就是世界末日了，你知道吗？你的羊眼看要白养了。为了你的羊不白养，今儿个就拉来宰了吧。我们好吃个痛快。"

阿凡提同意宰他的羊。

阿凡提煮着这顿美餐的时候，年轻的骑士们到河里洗澡去了。

骑士们走后，阿凡提发现煮羊肉的柴火不够了。于是，他就拿起骑士们的衣服，一件接一件地扔进煮羊肉的炉火中。

过了一阵，骑士们回来了。

"哎，阿凡提，我们的衣服你给放哪儿去了？"

"我拿它们煮了羊肉了。"阿凡提回答。

"你怎么能这样乱来呢?"他们对他大叫大嚷。

"明天就是世界的末日了,还值得诸位为衣服动气吗?"阿凡提放声大笑起来。

骑士们在这场玩笑中,什么便宜也没捞着。

 # 阿尔达的白羊

（苏联吉尔吉斯民间故事）

阿尔达有一只雪白雪白的山羊，头上顶一对弯刀似的尖角，生性十分凶恶，好抵人。阿尔达怕它触伤娃娃，就把它拴在廊下的小羊圈里。

有一天，阿尔达从邻村回家来，廊下不见了他的长角羊。"一准是羊挣断了羊绳，蹿到野外去了。"阿尔达心里思忖着，就转身出门去找羊。田野间、山坡上、菜园里、山冲处，他遍走四方找他的羊。然而这个长胡子家伙仿佛钻进了地里似的，怎么也找不到它的影子。

阿尔达觉得这羊丢失得好生奇怪，很为自己找不到羊而懊恼，他回到家里，又去仔仔细细察看那个拴羊的小羊圈。他定睛一打量，简直使他不相信自己的眼睛：在一个阴暗的角落里，丢着一对羊角、一蓬羊须和四个羊蹄，这些全都是他心爱的山羊身上的东西。阿尔达一下猜到了他的羊出了什么事了。

他把羊角、羊蹄和羊须拾进一只毛织口袋里，就动手去找狼窟。狼窟就在那山坡的矮树林里。他来到山坡上，大声说：

"喂，贼盗，这罪恶的勾当就是你干的，我的白羊就是你撕吃了的吧？你赖不掉！狼心狼，趁我没把你的肋骨全折断，你就乖乖自个给我滚出来！我倒是要看看你这身皮究竟有多结实！"

狼听到人的声音，就更往狼窟的深角里躲，吓得缩作一团。阿尔达决心自个进窟去揪住老灰狼的耳朵拖将出来，可是他的肩膀太宽，进不了窟去。阿尔达左思右想，终于想出一个诱狼出窟的巧计。

"哎，牧羊人！"他压低嗓门向一旁叫了一声，这叫声小得刚好让狼听见，"你常常忠心为我帮忙的。今天你也一定会帮我一把。你跑去，到黑岩山后头，把住在湖边绿山谷里的老猎手卡拉拜给请来，你去把他请来帮我一把。他有个带爪子的捕兽器，让他带上那家伙，再捎上一把铁锹，快快到我这里来。我们一下就能把狼捉住，把它的皮给剥下来做皮领子。"

狼听了阿尔达的话，信以为真，就一纵身从窟里跳了出来。它这一跳，正好跳进了阿尔达预先撑好在窟口的大口袋里。

足智多谋的阿尔达一看他这么顺手地逮住了狼，不由得笑了。他用一根皮条紧紧把袋口扎牢，把老灰狼扛上肩背回了家。狼一直默不作声，后来，它开口用抖颤颤的声

音问道:

"亲爱的阿尔达,你说心里话,你要我的什么东西?"

"肉我不吃你的,可该羊为我干的你来为我干。"阿尔达心平气和地说。

阿尔达回到家里,就着手按计划办事。他把狼腿和狼嘴紧紧拴牢,不让它再扑抓再撕咬,也不让它跑回山间去,然后给狼的下巴安上羊须,给狼脚安上羊蹄,在它头上栽上两只弯刀形的羊角,还在狼身上撒些白面粉。这样一来,狼就跟白羊一模一样了。

阿尔达对自己所干的感到非常满意。

"现在你已经不是狼了,你如今是我的白山羊了,你别往山上跑,你去给我办件事。你留神听我说:王公家的大庆宴快到了。王公开宴的时候,要举行斗羊。你知道吗?你是代替我的那只被你咬死的白羊去参加决斗的,到那天,你得去跟王公那只凶暴的黑羊斗个输赢。"

狼有什么办法呢?它只好屈从阿尔达了。

到了规定的日子,阿尔达把"羊"装进了口袋,去参加决斗。今年来看斗羊的看客空前得多,大家都想看两只长胡子斗架。往年斗羊,斗上劲时,火星都哔哔卜卜从四只羊角上爆出来。

王公见阿尔达来到,就唤他到自己身边,讥讪地说:

"你那袋里头装的是什么东西,是山羊还是虫虫?"他很满意自己对阿尔达的取笑,就不由得哈哈放声大笑起来,"里面要蹲的是你的白羊呀,你就放它到斗羊场去。

兴许，它已经吓得灵魂出窍了吧？"

阿尔达当即反唇回击。

"呵，伟大的王公！"他低低地弓了弓腰说，"赌注太少，我的山羊倒不肯下力的，你给添点赌注吧！"

看客都为嘴上无毛的阿尔达的大胆挑战而惊叫起来。

"好吧，要是你硬不肯斗，你就自个儿说多少赌注吧。"王公慷慨地说，"你反正要输给我的！"

他说完又大笑开了，这种笑声让人一听就想起咩咩的羊叫声。

他们久久地为赌注多少而讨价还价，争议不休。最后，他们终于说定了：要是黑羊赢，阿尔达就把白羊给王公；要是白羊赢呢，王公除了把黑羊给阿尔达以外，还给五只绵羊作添头。穷汉子心里明白：王公是个"开通的人"，他什么都会答应的。

看客的目光都汇聚在王公的黑羊和阿尔达的白羊将要进行斗架的地方。

两个身材高大的、劲足气粗的汉子把一只脾性犟拗的黑山羊护送进了场地。

阿尔达也进入了场地。他把肩上扛着的口袋往地上一放，解开皮绳，把羊胡须、羊角、羊蹄在"羊"身上安妥，就放开了手。狼一见四周这么多人，吓慌了，就往一边夺路奔逃。在它奔逃的路上出现了黑羊。狼见到羊，就露出了猛兽的本性，它的双眼顿时燃起了贪婪的饥火。在谁也看不清楚的瞬间，它闪露了一下尖利的獠牙。黑羊的鼻子一闻到狼腥味，吓得猛一跳，高高跳出两米多远，转身逃窜而去。

看客一见黑羊败逃，顿即哗然大笑起来。王公却因输给了阿尔达而恶心毒燃，双颊发白。王公左思右想，心中生不出一个良策来应对，他只好把阿尔达叫到身边，说他愿出高价买他的白羊。

"我给你一百只绵羊，"王公想要说服阿尔达，"都给你怀了胎的，过年就给你下一百只羊羔。你要肯卖，你自个儿也很快会变成富翁的。"

"呵，豪光四射的王公！"阿尔达大叫了一声，并伴哭道，"一百只绵羊哪里成哪，要换成别人，我两百只绵羊也不松手的。可您嘛，我时刻准备着为您献出一切。别说一只山羊，您要我的性命，我也给呀。"

王公听阿尔达这一奉承可开心透了，他想要到手的东西这般轻松容易就到了手，于是益发宽宏大量地说：

"你这么大方爽气，我再给你十只处女羊作添头。"

买卖就这样做成了。阿尔达回家把"羊"装在口袋里扛来放在王公的羊圈里。同时对王公的长工说：

"在山羊还没有跟绵羊群处熟之前，圈门不要打开。不然，用不了一个钟头，它准跑了。"

阿尔达说完，就把王公给他白羊的代价——一百只绵羊和十只处女羊赶回了家。

第二天清早，长工去把羊圈门打开，一看不要紧，他们都惊退了几步：整群羊都被狼咬死了，而狼呢，趁圈门开开的一刹那吱溜一下逃窜了，长工们只来得及看清它的身影。在羊圈的一个角落留下了山羊的胡须、角和蹄。

长工们向王公报告了他们刚才所见的一切。王公气坏了，马上差人去把阿尔达叫来，然而差役空手回来禀报道：阿尔达在王公还没有来找他之前，就到大草原去了，他已经远远离开了王公的管辖地带了。

 **彼得的故事**

（保加利亚民间故事）

鱼说了什么

一天，有个鱼贩子拉了一马车鱼进村来叫卖。好家伙，满满的一车！鱼贩子对自己的鱼夸个没完：这样的鱼，哪里去找呵！这样可爱的鱼，这样活鲜鲜的鱼——一句话，要多高的价都是值得的。

庄稼人陆续围到鱼车的周围。彼得也挤进了人群。机灵的彼得眼睛特别尖，鼻子格外灵。他一下就看出这车鱼并不新鲜。可是商人还在那里吹得天花乱坠，说他的鱼一条条都快蹦起来了。

机智的彼得拿起一条小鱼，凑到自己的鼻子底下闻了闻，然后又凑近自己的耳朵。看他那全神贯注的神情，仿佛是鱼在对他说着悄悄话。

"你这是干吗?"有个庄稼汉问彼得。

"没啥,"彼得回答说,"我想听听海上新闻哩。"

"那么,这条小鱼究竟告诉了你什么啦?"

"这条小鱼对我说,'我只能告诉你旧闻了'。我问它:'为什么都是旧闻了呢,你不是昨天才从海底来的吗?'小鱼回答我说:'你真会开玩笑,我哪是昨天才从海底来的,我们今天已是第四天躺在这马车上了。'"

顿时庄稼汉们都恍然悟出这些鱼是什么货色,于是鱼贩子忙赶起他的马车,悄悄出了村。

彼得和土耳其富翁

机灵的彼得碰巧遇见了一个土耳其富翁。当时不少人都受过这位富翁的骗。富翁是方圆百里赫赫有名的大骗子。

"你就是机灵的彼得吗?"富翁问。

"是呀,就是我呀。"彼得应声道。

富翁说:"我听说你十分狡猾,不管是谁都得上你的当。可对我,你也能哄得了吗?"

"能的,先生。"彼得说,"我是从来不捉弄诚实人的。不过,对你怎么也得戏弄一番才甘心。"

富翁对彼得不把他当作诚实人这点大为恼火。这时机灵的彼得接着说道:

"但同你较量之前,我得先去把装谎话的旅行袋取来。

你就在这里等着我。"

"那好，"富翁满以为自己绝不可能受彼得的捉弄，"你去取你的旅行袋吧。"

富翁等着彼得，等了一小时，又等了一小时，直到一夜都等过去了。天放明时，他拖着极度疲惫的身子走了，他脸都气绿了。这时，他看见机灵的彼得从大街上大步流星地走过来，就像是什么事儿也没有发生过似的。

"怎么，彼得，你到底还是怕我了吧？"富翁恶狠狠地问。

"没有的事，先生，"机灵的彼得回话说，"我没带装谎话的旅行袋，就已经戏弄了你了。昨晚你劳累了一宿，今天要是我把旅行袋带上，你还能受得了吗？"

贪心的生意人

有一回，又饿又累的彼得来到了集市上，他很想能吃上点什么。可他身边只有装在旅行袋里的一块坚硬的面包。摸摸衣袋——一个子儿也没有，怎么办？

彼得走到一家小饭馆旁边，一下就闻出来几口大锅都煮着肉。

机灵的彼得走到热气冒得最猛的一个锅边站住，想了想，然后把干面包从旅行袋里取出来，掰下一块，在热气上蒸软了吃。他蒸着吃着，一会儿就把干面包吃光了。正在他扭身要走的时候，一只肥胖的手抓住了他。原来，抓他的就是那个贪心的生意人。

"哎，想赖账怎么的？"生意人大声嚷嚷道，"付钱！"

彼得一时被弄得摸不着头脑。

"为什么？"他问，"我可什么也没有买你的呀。"

"面包你吃了吧？"

"可那是我自个儿的面包呀！"

"蒸汽呢？没有我这锅上美味儿的蒸汽，你怎么也咽不下你的干面包的。快掏钱吧！"

"我没钱！"可怜的彼得为了证明他确确实实身无分文，说着就把衣袋给翻过来。

在集市上往往是这样的，大家一有热闹可看就都轰地围了上来，想要看个究竟。

"既然没有钱，"生意人说，"那就用棍子揍十下，算抵账。"

彼得思考着，摸摸自己的后脑勺，然后说：

"行，你打吧。"

他站在阳光下，面向着赶集的人们说：

"善心的人们！不错的，我是在他的肉锅上蒸过面包了，可没有碰着他的肉。这也要我付钱，真是太岂有此理了！唉，看来我得在这里挨这位店老板的棍子了，老板，你看这是我的身影。你揍它吧，可小心别碰着我的身子！"

赶集的人们都说贪心的老板真不要脸，而异口同声地夸奖彼得机灵。

 **小法官审案**

(伊拉克民间故事)

从前,有一个名叫埃利·科格里亚的富翁住在巴格达。他打算去进行一次长途旅行,但觉得带着家里的钱上路实在不方便,可能会被窃贼偷盗。他想了又想,终于想出一个办法。他把金币藏在一个大罐子里,金币上头盖了一层豌豆,又封住了罐口。

他去对一个做粮食生意的朋友说:"我要出远门去,请你代我保管这罐豌豆,待我回家再来取,你愿意吗?"

他的朋友说:"当然可以。我给你一间房间,你把罐子放进去,然后我就锁住房间,我会替你保管得好好的,准没错儿。"埃利按粮商所说,放好罐子,锁上房门,就出远门去了。

十年过去了,埃利还没有回来。一天,粮商的妻子想要一点豌豆煮了吃。粮商想,埃利大概回不来了,他自言自语地说:"埃利出去这多年杳无音信,我从他那罐子里拿点豌豆好了。"

他揭开了装豌豆罐子的封口，发现面上的豌豆都已经发硬变质了。但他还想看看下面有没有还未变质的豌豆。忽然，他发现了金币！

他忙用豌豆遮盖好金币，又锁上了房门。

他对妻子说："豌豆都变质了，我没拿。"

这个粮商爱钱如命，从此，他整夜都想着那些金币，想得他彻夜不眠。天一亮，他又跑进那个房间，把罐子里所有的金币都偷出来，只将变质的豌豆放回去。随后，又上街买了些新鲜豌豆来填满罐子，并封好罐口，才离开房间。

不料，几天以后，埃利回来了，粮商心中不由得暗暗惊慌。

第二天，埃利到朋友家去拿那个罐子。

"喏，钥匙在这里，"粮商说，"那罐豌豆还原封原样好好儿放着呢。"

埃利开了房门的锁，看到罐子果然还封得好好的。他谢过朋友，把罐子搬回了家，当他打开罐子一掏，惊呆了——那里面除了豌豆，还是豌豆！

埃利立即来到朋友家里。他对粮商说："我出门的时候，在罐子里放了一百金币。可现在都不见了。如果是你拿去用了，完全可以，不过你得给我一张字据，答应日后还我就是。"

粮商听了这话，顿时暴跳如雷："你给我滚！我可从没看到过你的什么金币。那罐子里除了豌豆之外什么都没有。难道我是个贼吗？你再不走，我可要把你撵出去了。"

埃利说："我走。可是我要到哈里发①那儿去告你。他是个英明的国王，会替我做主的。"

埃利找到哈里发告状。

哈里发问："你往罐子里放金币的时候，有证人在旁边吗？"

埃利说："没有。"

"那我怎么能判断你所说的是不是事实呢！"哈里发说，"你回去吧。"

埃利垂头丧气地回到家里。粮商听了这件事，心中暗暗高兴。

在埃利和粮商的熟人中间，纷纷议论着这件事。几乎所有的人都同情埃利，因为大家都知道他是个老实人。而粮商呢，谁都知道他爱钱如命，所以人们都不相信他。

哈里发经常微服出宫私访，以体察民情。他乔装得跟普通人一模一样，站在人群中，谁也认不出他就是哈里发。

一天傍晚，他在大街上行走，看见有几个小孩在玩，他站了下来，看他们怎么游戏。这时，只见一个小男孩头扎一方哈里发式的穆斯林头巾，另一个小男孩扮埃利·科格里亚，还有一小男孩扮粮商。孩子们身边放着一个大罐子。

---

① 古阿拉伯集政治、经济、军事大权于一身的统治者。

扎哈里发头巾的男孩问那个扮埃利的男孩："埃利·科格里亚，你确实把金币放进罐子里了吗？"

"是的，我把金币放进罐子里了，还往上盖了一层豌豆。"那个假埃利说。

接着，扎哈里发头巾的男孩又问扮粮商的男孩："你看到罐子里有金币，就全都偷走了，是吗？"

"不不！罐子里除了豌豆，什么也没有。"假粮商说。

"是这些豌豆吗？"扎头巾的小法官指着罐子里问。

"是的，就是这些！"

扎哈里发头巾的男孩拿起一粒豌豆放到嘴里嚼了嚼，说："这些豌豆很嫩，根本不是十年前的陈豌豆，你撒谎了，就是你偷了金币，你是个贼！"

真哈里发在一旁听了这些话，对这男孩的智慧十分惊讶。

第二天，他派人去传埃利和粮商，并叫把装豌豆的罐子也搬了来，还另外请来了一位豌豆商和那位在街上扎哈里发头巾的男孩。

豌豆商和小男孩哈里发磕过了头。哈里发对孩子说："昨天晚上，我在街上看到你了，你真叫我高兴。来，就坐在我身边，我让你当一次法官，这一回是真正的法官。你来判断埃利和粮商两人中谁说的是实话。"

小法官对埃利说："你把金币留在粮商的屋子里了吗？"

埃利回答："是的。"

小法官又问:"这些金币是藏在豌豆底下的,是吗?"

埃利回答:"正是。"

小法官又问粮商:"你看到金币了吗?"

粮商答:"没有,那罐子里只有豌豆。"

于是小法官命令豌豆商:"从这罐子的上层和底层各拿些豌豆出来,看一看,嚼一嚼,然后告诉我,它们各是些什么时候的豌豆。"

豌豆商拿出了一些豌豆,仔细端详了一番,又一粒粒地放进嘴里嚼过。然后说:"有一些是变质发硬了的陈年豌豆,这是十年以前的,而另一些呢,却又松脆又鲜嫩,是些新鲜豌豆。"

小法官对粮商说:"我明白了,你发现了金币,并拿走了它们,再把陈年豌豆放回罐子里,可是罐子就显得空了,于是你就用新鲜豌豆把罐子填满。是这样的吗?"

粮商脸色苍白,他虽张了口,但是结了舌,什么也说不上来。他朝哈里发偷偷看了一眼,便伏在地上哭了起来。埃利这时眉开眼笑了。

哈里发对卫兵说:"把这个贼带出去打一百棍子。"

卫兵立即过来把痛哭流涕的粮商拖了出去。

哈里发对埃利说:"我会使你得到自己的金币的。"他又拉住小法官的手说,"等你长大成人,我一定让你当法官。可现在你必须到学堂里去学习我们的法律。我相信,你会成为最好的法官中的一个的。"

# 机灵的小男孩

(以色列民间故事)

一次,在两个小店主之间发生了这样一个故事。

这两家小店紧挨着,中间只相隔一道板墙。一家经营油料生意,另一家经营香料。

一天傍晚,快到店家关门的时分,经营香料的小店主透过板墙缝,想看看邻铺经营的情况。恰恰在这时候,油料店老板在那里数金币,他数来数去,共有一百六十五枚金币。然后,他用一块红手绢儿包好。这一切,都被隔壁香料店老板看得清清楚楚,他贪婪地很想占有这些金币,于是,心生一条恶计。他跑到街上,嘶声大叫道:

"街坊邻里!有贼啊!贼偷了我的钱!"

警察马上跑过来。

"你怀疑是谁偷的呢?"警察问。

"不知道……我把钱用红手绢包好之后,就只有油料店老板来过,除外,谁也没跨进过我的店门口。我的手绢

里包了一百六十五枚金币。"

警察端详了一番他的邻铺,就进油料店去,在一个人们不注意的角落里,找到了用一块红手绢包裹着的一百六十五枚金币。

油料商对天起誓说,这是他自己经营油料买卖赚得的钱。然而谁也不相信他的话,还是把他抓起来,投入了监狱。

法官着手审理这个案件,可是难于分辨谁是谁非。

市长对这件案子很有兴趣,但是他一筹莫展。难办啊,该相信谁呢——是相信油料商呢,还是相信他的邻居?哪个说的是实话,而哪个是在撒谎?全城的人一谈起这件案子,就被卷入一团无法理清的乱麻之中。

有一天,市长在城里散步时,碰上几个正在做游戏的男孩。他听到当中的一个小家伙说:

"我们来玩审判吧。你当油料店老板,你扮他的邻居,我呢,来做审判官。"

市长忙躲到一棵树后,静静观察起来。孩子们滚来一块石头,让那个"法官"男孩坐在石头上。两个扮小店老板的男孩走到了他的前面。

一个先说:"这一百六十五枚金币是我卖油料赚得的。"

另一个接着说:"不对,这是我的钱。我亲手点的数,亲手用红手绢包好,放进抽屉,是你潜进我的屋里,把我的钱偷了去的。"

"法官"听完他们两人的话,就说:

"给我端一碗开水来。"

"干吗?"孩子们问。

"我把金币丢进水里。要是水面漂起油花花儿,这就说明钱是油料商的。因为他一天到晚跟油料打交道,他的手时时都沾着油,他的手摸过的钱也就会染上了油腻。要是什么也没有漂起来,那么就说明这钱是他的邻居的。"

市长听了这个好主意,就从树后跑出来,吻了吻扮"法官"的男孩,并记下了他的名字和他的住处。

市长回去后就宣布这个久拖未断的案子明天就能断清了,这个消息传遍了全城。次日,自动前来观看市长断案的人不下千人。

当两个小店主申述了自己的道理后,市长下令端上一碗开水。他把那包着金币的红手绢打开,把金币哗啦啦都倒进开水中,水面顿时漂起圈圈油花儿。

"让大家都传着看看碗里的东西,"市长吩咐道,"让大家说吧,这些钱究竟是谁的。"

"是油料商的!是油料商的!"人们众口一词地说。

钱归还了原主,他贪心的邻居被判处下监狱之刑。

全城人无不夸赞市长的机智和英明,可市长却用双手把在街上扮"法官"的小家伙高高举起,说:

"不是我,是这个男孩——是他揭穿了狡诈的骗子。他启示我断清了这个久缠不决的疑案。"

机智的法官

（印度民间故事）

有一个人，他放在家里的钱包被偷走了。他马上找法官去报案：

"先生！今天夜里我放在家里的钱包被偷走了。我家里的人多，所以我也不晓得是谁干了这桩卑鄙的勾当。"

法官说：

"明天太阳升起时，让你全家人都到我这里来一下，我能给你指出哪个是贼。"

第二天一早，全家人都来到法官面前。法官发话道：

"现在我给你们每人一根芦苇秆，明天早上你们再把它还给我。到时候，你们就会知道，偷了钱的人拿着的那根芦苇秆，一夜工夫就会比其他人的长出一指来。"

心怀鬼胎的贼害怕真相败露，心里琢磨怎样才能蒙骗过法官。他左思右想，终于拿定了一个主意："我把芦苇秆截短一指。经过一夜工夫，就恰好长得与其他人的一般儿齐了。"

次日早晨，全家人集中到法官这里来。大家的芦苇秆都一般儿长，就一个人的比其他人的短了一指。

"现在大家看清是谁偷钱包了吧?"法官亮开嗓门说，接着命令差役过来，把贼送进了监狱。

机灵的游乞人

（蒙古民间故事）

人世上，有这么一个快活、机灵的靠别人施舍度日的游乞人。有一天，他在草原上行走，遇见了一个牧人。牧人走着，手里捏着根马尾巴，神情十分忧伤。

"为什么不骑马呀？"游乞人询问道，"你的马哪儿去了？"

"我今天遭了不幸，"牧人回答说，"我的马叫狼吃了，只剩下了这么根尾巴。我现在啥也没有了呀！"

"你把马尾巴给我，"游乞人说，"你就等在这里。你会得到一匹比原来更好的马。"

牧人把马尾巴递给了游乞人，然后在草原上等待着。游乞人走进一个蒙古村里，那里有个又贪心又卑鄙的王爷的大蒙古包。游乞人在这家蒙古包不远处找到了一个狐狸洞。他把马尾巴卡进这个狐狸洞里，自己坐在一旁，两手抓着马尾巴。

他坐了一会，王爷骑着骏马从他身边飞驰而过。王爷看见这游乞人的动作好生奇怪，就勒住了马缰，问道：

"你这是做什么，干吗抓着马尾巴？"

"我的马放在这里吃草哩，可它跑进了这个洞里去了。好在我还来得及揪住这尾巴，不然我的马就没影儿啦。我现在休息一下，再把它从洞里拉出来。"

"你的马怎么样？"贪心的王爷问道，"跑得飞快吗？"

"它载上我，一天能绕地球跑七圈！它的鬃毛白得像群山的积雪；跑起来比飞箭还快；两只耳朵之间能排下十头骆驼；它站到山坡上，鬃毛能触到云彩！"

王爷由于贪心而浑身颤动起来。他跳下了马背，推开游乞人，自己扯住马尾巴。

"谁让你在我蒙古包旁放马的？马上给我滚开！"

游乞人说：

"我的一双脚都磨出血来了。我不能再步行了……"

"行，我来抓马尾巴，你骑上我的马，从今往后，你别让我再在我的蒙古包旁边看见你，滚吧！"

游乞人骑上王爷的骏马驰进了草原。他把马给了那个等着他的可怜的牧人，而自己却继续往前走了。

中午，他遇到一个财主。这个财主的头上顶着一个土锅，锅里头装着肉。这个财主吝啬到这步田地——每次离开蒙古包，总是要把食物捎在身边——生怕人家在他不在场时把肉都吃光了。

财主一看见游乞人，就嘲笑他说：

"人家都说你能骗得了各种笨蛋，可对聪明人你就休想骗着。不信，你倒是来骗骗我试试看！"

"我可没有心思再去骗人了。"游乞人说，"整个天空都烧起来了，你没看见？"

财主仰头看了一眼天空——他头上顶着的土锅"哗啦啦"翻落了下来，摔了个稀巴烂。这时游乞人说：

"看来，你也还是个蠢货，这不，我已经骗着你了。"

说完话，他径直往前走他的路。

他走了不多一阵，又遇到了一个王公。

"你是谁？"王公问，"你的蒙古包在哪里？你会干什么？"

"我没有蒙古包，"游乞人说，"我想干什么我就去干。"

王公生气了：

"干吗撒谎？连我是一个王公，也还不能想干什么就去干什么呀！"

可游乞人说：

"你不能，可我能。"

"果真是这样吗？"王公说，"你现在能叫我下马来吗？"

"你说得很对！"游乞人说，"我不能让王公下马。不过，你如果下到地上，我倒是能让你再上马去的。"

"说得好新奇，你倒是来试试！"王公说完，翻身下马来。

"看见了吧?"游乞人嘲讽地笑了起来,"你让我叫你下马来,这我已经做到了,你这就好好地在地上站着生根吧!"

"不过,你再也骗不着我了!"王公嚷了这句话后,就跃身上马去。

"看这会儿,我的第二项承诺又完成了——我已经使你又上了马。"游乞人说完,就又去游乞四方了。

一个和三个

（印度尼西亚民间故事）

苏门答腊岛上住着一个穷苦的农人。他在自家门前，种了一棵香蕉树。

一天，有三个行人路过这个穷人的农舍旁，他们一个是修道士，一个是郎中，还有一个是高利贷者。高利贷者头一个发现了这棵香蕉树，他对其他两个同行人说：

"我们是三个人，而农人才一个。咱们摘香蕉吃吧，他一个哪能挡住我们三个？"

于是，这三个无耻之徒就当着农人的面，把他辛辛苦苦栽出来的香蕉摘下来吃，压根儿没把农人当一回事儿。

"你们这是干吗？尊敬的先生们。"穷人怒气冲冲地说，"这可是我种的香蕉呀！"

"你根据什么说这是你的？"修道士赖皮涎脸地说。

"这香蕉我们吃得正对胃口，我们爱吃就吃啦。"郎中补充说。

"别来碍着我们吃香蕉哟，不然，对你可没好处！"高利贷者威胁说。

"他们三个，我一个。"农人暗暗思量，"光凭力气对付他们，我难免会吃眼前亏的。但我不能让他们在我的土地上大模大样地嚼我的香蕉，我咽不下这口气！"

于是，他对这三个无耻的陌生人说：

"在我的家门口看见上帝的奴仆和高明的郎中，是我莫大的光彩。但是我怎么也想不通，你们居然跟高利贷者这样卑鄙的角色为伍。你们看，他是这样贪馋，你们吃一个香蕉的工夫，他却已经吞下了五个了！"

修道士一看，果然如此，便愤然叫起来：

"你这个贪馋的高利贷者！你对上帝的奴仆竟敢如此的不敬！我们不能和你一起赶路了，你还是趁早滚你的吧！"

"他们三个，我一个。"高利贷者心里发毛，便仓皇溜走了。修道士和郎中依旧继续啃着香蕉。这时农人对郎中发话道：

"别生我的气，尊敬的先生，我似乎觉得你的医术并没能真正治好疾病。"

"我的医道你懂什么，笨蛋！许多人听了我的话都把病治好了。"

"我想，他们恢复健康，是因上帝向他们开恩。"

"这关什么上帝的事？是我治好了疾病，而不是上帝！"

"你说什么，不要脸的东西!"修道士恼怒了，"你敢怀疑万能的主?"

"神父，他亵渎了上帝!"农人马上接着说，"跟这样的无耻之徒走在一起真是罪孽!"

"滚开！别让我看见你!"修道士吼叫起来。

"他们两个，我一个。"郎中心里发起毛来，全忘了吃香蕉的美事，拔腿就跑。

这样，农人和修道士就成了一对一，农人就问修道士：

"噢，你天天读圣经。你倒是说说，圣经里是禁止把别人的财物掠为己有的吧?"

"是的，圣经里是这么说的呀。"修道士证实道。

"那么你究竟为什么还在这里大吃不属于你的香蕉呢?"

修道士还没有想出回答的话来，农人已经操起一根沉重的木棍，对修道士说：

"走你的路吧，修道士。从今以后，可别再挨近我的香蕉树了!"

修道士斜眼睨着农人手里紧握的木棍，狼狈地落荒而逃。

机智的农人就这样赶走了无赖们带来的祸殃。

# 名副其实的抓饭

（苏联塔吉克民间故事）

莫希费基来到集市上，拿两个大南瓜来换几文零花钱。可集市上一个人也没有：全村人今天都在富商大老爷纳兰沙赫家参加"大宴"了。

"唉，"莫希费基自语道，"破衣袋把我最后的一个子儿也漏掉了！我也去参加大宴吧，货没卖掉，倒要去吃个饱！"

他把装南瓜的口袋在矮树林里藏好，掸了掸长袍上的尘土，朝圆帽上插了几朵花，就向富商家走去。他走进大老爷家，看见整个院子里都挤满了人。纳兰沙赫大老爷身穿金光灿烂的长袍坐着；凯马尔老爷身穿锦缎长袍坐着；拉赫默特老爷身穿条纹花长袍坐着；札里福老爷捋着他那把红通通的美髯也坐着。和他们并肩而坐的，还有二十来个老爷——一个比一个胖。穷人们也坐着，但都蜷缩在角落里，吃着从宴席上撤下来的剩菜余饭。

莫希费基瞟了一眼，心中不由得嘀咕道："哪有我这穿破长袍的人坐的地方呀，我的长袍既不是金丝织的也不是银线绣的，上上下下补丁摞补丁！"他只得走到穷哥们身旁，靠墙根落了座。他等呀等，等了好久，终于，大老爷的差役过来塞给他一只碗，里头歪斜放着几块光骨头——这就是全部的布施，这就是款待。

莫希费基看了一眼光骨头，摇着头，拉大嗓门儿故意说得让全院的众人都听得见：

"唉，命苦啊！唉，罪孽啊！我最富有的朋友纳兰沙赫大老爷穷极了！他除了光骨头，已经没有什么东西可以拿来招待乡邻了！我干吗活到这痛苦的年月啊！干吗让我眼巴巴看着自己的朋友蒙受耻辱啊！"

穷哥们都会意地笑开了。纳兰沙赫瞟了一眼这个身穿破长袍的人，一下就认出莫希费基——此人语中藏刺，话中有话，是自己的敌人。

"哎，胡说八道的家伙！"富商叫嚷着，"是谁对别人的布施这样二话连天？你倒是说说看，你又用什么来款待客人呢？草料做的面包，还是蛙肉做的抓饭？"

财主们都哈哈大笑起来，莫希费基虽然受着嘲弄，却镇定自若地回答：

"当然，我没有你这样富有，尊敬的纳兰沙赫大老爷，但是，我待客可不小气，我不至于在抓饭里放光骨头。我用嫩羊肉做抓饭，油光光，香喷喷。"

这番话可不讨纳兰沙赫大老爷的喜欢。他得教训教训

莫希费基——刻薄的玩笑不是好开的。他站起来,大声对众人说:

"要是这样,我尊敬的破袍老哥,我们明天就上你家做客,去尝尝你家的抓饭到底有多香甜。"

"除了我们都来,还带上我们的朋友一起来!"富翁们接着补充道,老札里福不住地捋着他那把红通通的美髯,声音从牙缝里挤出来:

"明天你要出了丑,就说明你在空口瞎胡吹!"

但莫希费基却面无惧色:

"我说到做到,"他斗胆地回答着富翁们,"明儿我用大圣至贤也没有尝到过的抓饭,让诸位贵宾吃个饱。"

他说着把碗里的骨头丢给了狗,彬彬有礼地向客人们鞠躬告辞。

一大早,天刚蒙蒙亮,客人们就跨上马,结群成帮地向莫希费基家走去。纳兰沙赫大老爷骑草原山地产的良马;凯马尔老爷骑一匹白毛骆驼;拉赫默特老爷骑着毛驴;札里福老爷坐在花轿里由差役们抬着。还有二十个老爷和他们相随而行,一个比一个胖。

莫希费基的老婆急得死去活来,她抽泣着对丈夫说:

"你闯下了大祸!我们自己还不能一年到头都有抓饭吃呀,我们穷成这样,就是请一个老爷吃一顿,我们也招待不起呀。这成群结队的人马,我们倒是拿什么给人家吃呀?"

然而莫希费基毫不慌张。他的嘴笑得像一弯新月,高高兴兴地出门迎接客人。他频频向客人们鞠躬行礼，请他们坐在干净的坐垫上稍事等候，告诉他们世人从未见识过的抓饭很快就做出来了。他说：

"名副其实的抓饭，这可不是普普通通的抓饭，这样的抓饭不是人人都会做的。怎么个做法，这是重要秘密。我这秘密是父亲告诉我的，我的父亲又是祖父告诉他的，而祖父的手艺是穆罕默德圣贤的厨师传给他的。不，并不是随便把肉扔进锅里就完事了，还得放生姜放辣椒。米是谁也没见过的，地地道道专为做抓饭而种出来的米：这种米放在香油里煮，直煮到通粒儿透明、发黄，一颗颗就像在阳光下成熟的葡萄。"

莫希费基说完抓饭的做法，又说调料的种类，再说穆罕默德用以盛抓饭的盘子。他像夜莺一样动听地讲述着、描绘着，说得似乎抓饭美妙的香味已经向饥肠辘辘的客人们阵阵扑鼻而来。

"哎，莫希费基！"纳兰沙赫大老爷打断了他的话，"你的抓饭好倒是好，可不会因为讲话而耽误了吧？我们的肚子都像狼一样饿了！"

客人们闹哄哄地喧嚷起来。莫希费基搔着自己的后脑勺，长长地叹了一口气，说：

"你们可别吵得我把世上少有的盘子给打烂了。还得耐心等一会儿，我这就招待大家吃抓饭吧！"

他给贵宾们端上来两个大碗，一碗是白生生的大蒜，一碗是漂着葱花儿的清汤。接着，他又没完没了、无边无际地吹起穆罕默德圣贤的抓饭。凯马尔老爷再也忍不住饿了，就直往嘴里送蒜块。还没等莫希费基说怎样为抓饭精选羊肉，客人们就已把两碗东西吃得一干二净了。葱和蒜像烈焰似的直烧着老爷们的空肚子。他们饿得更难熬了！

"哎，莫希费基！"拉赫默特胖老爷像公牛被宰翻似的嚎叫起来，"我可是饿得要老命了！要是你不马上给我们拿出抓饭来，我这就去，去向公众宣布：你是个不折不扣的骗子！"

"拿出抓饭来！"肚子饿得咕咕叫唤的老爷们吵吵嚷嚷，"拿出来，要不，我们都起身走了！"

这时，莫希费基把"抓饭"端出来了。他双手端着个大盘子，盘子上蒸腾着热气。他的身后，他老婆端着个大托盘，老婆身后，按年龄大小从高到矮一串儿七个娃娃，有的端碗，有的抱罐。

"朋友们，这就是世间最香甜最美味儿的抓饭！"机灵人解释说，"为了能长时间保住热度和香气，按穆罕默德的嘱咐，我在上头盖了一层薄薄的南瓜糊糊。我请诸位先吃一撮热南瓜糊糊，下面就会吃到你们从未见过的抓饭。"

客人们已不再听他啰唆，贪馋地把食物大把大把地甩进嘴里去。他们一撮撮抓着，狼吞虎咽，也不怕烫着手和嘴，一心希望快点吃到抓饭。这时，莫希费基四处走动着，劝各位贵客切莫拘谨，只管抓着吃个饱。

客人们个个把烫嘴糊手的南瓜糊糊吃了个够，可机灵人说的抓饭还是没看见。他们放下了盘子，喝口清汤，闻闻蒜味，然后又端起盘来吃，可是始终不见有抓饭露出来。他们继续狼吞虎咽地吃着热南瓜糊糊，直到一个个都精疲力竭地倒在毡子上。他们的喉咙里已经一小撮都咽不下了。可莫希费基还在继续盛情地恭请客人们再吃。

末了，纳兰沙赫唉声叹气地从毡子上站了起来，用拳头威胁了一下主人，上马走了。他的屁股后头紧随着气喘吁吁的凯马尔老爷和拉赫默特老爷。札里福老爷差点儿叫轿夫抬具死尸回去。随后，争先恐后地慌忙跟上来二十个老爷，他们一个比一个胖。这时，莫希费基忍住笑，以殷勤的腔调给贵客送行：

"亲爱的朋友们，还早哩，怎么这就起身走啦？你们还没有吃到世间最美味儿的抓饭呢！"

莫希费基就这样用两大盘子"抓饭"喂饱了老爷们。富翁财主们从此再也不敢取笑穷人了。

这个故事就说完了。谁喜欢听有意思的笑话，就让他跟我们一起笑吧。

三个商人一只猫

（印度民间故事）

从前，有个小镇上住着三个商人：灰胡子的，光下巴的和秃顶的。三个商人合用一个仓库，里头保存的商品有：毯子、披巾、丝、德呵奇①、纱丽②等。商人们觉得世上最可怕的是贼。因此，他们雇用了一个名叫阿尼的穷人来为他们守仓库。

可是，贼倒没有来，等待着商人的却是另一种灾难。

仓库里孳繁了一窝老鼠，日夜不停地啮咬着商人们的货物。

于是商人们吩咐守仓人买上一只猫。

阿尼说：

"我的家里有只很会捉老鼠的猫，可以卖给你们。"

"你想卖多少钱呢？"商人们问。

---

① 印度男人民族服装。
② 印度妇女民族服装。

守仓人回答：

"我不想多要，一条猫腿一个子儿。"

于是，那最吝啬最狡黠的商人——就是那个灰胡子问道：

"你的猫是四条腿的吗？"

"四条呀。"守仓人回答说。

"可我们只要三条腿就够了。好猫就是三条腿也一样能逮得住耗子的。喏，我们一人给你一个子儿。你把你的猫带来吧。"

"这么说，第四条腿得归我啰？"守仓人问。

"就算是这样吧。"贪心的商人们明确地把这只猫腿落实给了守仓人。

阿尼就把自己的猫带到仓库里来。

头一夜，猫就遭到不幸：它在逮鼠时从一个高架上跌下来，跌断了一条腿。

商人们知道后，不约而同地大声说：

"快送去给医生看看！"

"我一定毫不拖延地按你们的嘱咐去办，"阿尼说，"可是，尊敬的先生们，你们三位谁给我这笔医药钱呀？"

"反正不是我，"灰胡子急忙宣布，"我买的是后左腿，而跌断的是前右腿。"

"我出钱买的是后右腿。"光下巴接上说。

"那么我买的是前左腿。"秃顶赶紧大声说。

"这就是说，猫跌断的是归阿尼的那条腿啰。"灰胡子说,"这也就是说,应该付医药费的正是阿尼。"

阿尼也不争辩。他把猫装进口袋里,动身往城里去找医生给猫治伤。

城里的医生给猫治了伤,然后缠上纱布,说:

"过一个礼拜猫就会好的。这一礼拜,它得用三条腿蹦着走路了。"

阿尼把卖猫所得的三个子儿一股脑儿都给了医生,就急急忙忙往回赶。夜幕降临时,他又把猫放进了仓库。

这一夜,老鼠特别放肆。它们都听说猫摔断了一条腿,便认为如今不用再怕它了。伤了腿的猫还是频频追逐着老鼠,不停歇地从这个货架纵跳到那个货架,蹦着跷着跑。这就出事儿了——当它追捕那只最讨厌的老鼠时,它的尾巴扫翻了那盏燃着的油灯。于是引起一片大火,仓库里头的货物烧得精光。

商人们得知灾难的消息,一个个都狂怒地嚎叫起来,他们说:

"全部的罪过在于猫。可猫是属于我们四个人的,那就是说,阿尼应当付给我们全部损失的四分之一。"

"我的全部财产就是穿在身上的这件补丁摞补丁的德呵奇。你们在我身上啥也得不到,尊敬的先生们。"阿尼宣布道。

灰胡子说:

"我们的货物价值一千多卢比。要是你不给我们掏出二百五十卢比,法官会判你终生劳役,那时,你将无代价地为他们干活,直到死!"

他们抓住阿尼,把他拉去见法官。

当他们来到法官面前,灰胡子手里抓着一条腿缠着纱布的猫,说:

"啊,公正的法官!这只猫逮耗子时,尾巴打翻了油灯,酿成了一场火灾。我们的货物都烧光了。你说,英明的法官,难道管猫的人不该平均赔偿火灾造成的损失吗?"

"应该。"法官说。

"你听见了吗,蠢货,刚才尊敬的法官说的你听见了吗?"商人们你叫我嚷地说,"给我们掏出二百五十卢比来!要不然,你就为我们服劳役到死。"

这时,法官问话了:

"为什么猫要缠上一条腿呢?"

"它抓耗子时把一条腿跌断了,这条腿是医生给缠上的。"

"告诉我,灰胡子,"法官又问,"你为医猫给医生付了多少钱呢?"

"噢,先生,猫跌断的不是我的那条腿。我为医猫分文没出。"

"那么,现在让秃顶说,他给医生付了多少?"

"噢,善良的先生,跌断的那条猫腿也不是我买的,干吗我得花钱呀?"

"那么就是说,给医生的钱是你付的啰,光下巴?"

光下巴摇着脑袋说:

"噢，不，猫跌断的那条腿属于阿尼。是阿尼给医生付的钱。"

"那么就是说，跌断了的猫腿是属于守仓人的啰？"法官问道。

"他的，是他的！"商人们异口同声地说。

"其余三条腿各归你们？"

"归我们，归我们！"三人一同回话说。

这时，法官细细琢磨了一阵，重又问道：

"那么就是说，猫扫翻油灯时，跳起来的是那三只没伤的腿啰？"

"是的，是这样的。"三人都确证说。

"那么，守仓人什么损失也不须为你们负担，"法官宣布道，"要知道，猫扫翻油灯，是因为逮耗子。被缠住的那第四条腿在逮耗子时并没有参与其间。所以，你们回去吧，什么也别吵吵，也不用再来给我添麻烦了。"

灰胡子一听这样的判决，立即把猫掷在地上，气恼得拽下一绺灰胡子，甩袖而去。秃顶和光下巴也急忙跟了出去。

于是，阿尼抱上自己的猫咪，回到自个的小屋里去了，他心里可满意这个公正的判决了。

 ## 落水的瓦罐

（印度民间故事）

印度曾有这么个婆罗门①，人们都说他是世界上最懒的人。他成天不想干活，只等行善人来给他施舍，得到什么，就吃什么。

幸福的一天终于来了——有一天，婆罗门把从各家各户施舍得来的米积起来，积了满满的一大罐。在回家的路上，婆罗门在一条深河的陡岸上坐下小憩，把装满了米的瓦罐放在自己前面。他觉得有些倦意了，于是就烤着暖融融的太阳，开始迷迷糊糊地想日后的事。

要是马上来一场大旱，眼下田里的庄稼都颗粒无收，那么接着必然是一场饥荒，这样，这一大罐米就至少可赚得三个罗比。三个罗比就能给自己买回一头山羊来。然后羊就会给我养出一群小羊。我再把这群小羊卖了，买它几

---

① 古印度高贵的僧侣贵族，世代以祭祀、诵经、传教为专业。这里指信奉婆罗门教的人。

头母牛回来。那么几头母牛又会给我养出一群小牛来，等它们一长大就是一群大水牛，哈，好啦，水牛反正不愁没人要，地主呀，庄稼人呀，都少不了它。我再用水牛卖得的钱弄到几匹马，这些马又会给我养出一群小马。小马长大了，我当然就把它们都卖了，然后再给自己买上一幢大房子，那房子可要花园绿荫婆娑的那种啰。我的花园里，每棵树上让它蹲上一只鹦鹉。最后，我娶上个有钱的婆罗门女儿，同时又能接受一大笔陪嫁。我们生个漂亮的儿子，他一长大，我就坐在自己花园里繁茂的棕榈树下，叫我的小儿子：

"快过来，我的小乖乖，来，坐到我膝盖上，让爸爸颠颠你！"

小儿子向我跑来，绊了一跤，跌在地上哇哇哭起来。这时我就叫我的老婆：

"女人，过来把娃儿扶起来！你没看见他绊倒了吗？"

也许老婆那时正忙乎着，没听见我喊她。这时我就忍耐不住，跳起来像踢树桩一样给她一脚："叫你尝尝味道！叫你好受！"

懒婆罗门忘了世上的一切，从地上跳将起来用尽平生之力对准瓦罐猛踢一脚。瓦罐当然从河岸骨碌碌直滚进了河水里，眨眼间沉没得无影无踪了，连碎片都没有留下一小片。

从那时候起，就有了这样的一句俗话：懒人的理想，其价值不会比落水的瓦罐更大。

爱吹牛的猎人

（苏联塔吉克民间故事）

有的猎人爱把自己打猎的故事加以渲染夸饰，而我们这个故事的主人公则是头号的吹牛家。

瞧，他打猎回来，一走进自己的寨子，就哇啦哇啦地吹开了：

"世上啥事都有，可今天这样的奇事谁曾见过！我在山壁上走着，下面是空阔的山谷。突然，我看见一只很大很大的野兽，四爪尖尖，那样子可吓人哪！这时，我心里嘀咕，光这四只脚爪也能美餐几顿呀。你猜我怎么着？我猫下腰隐蔽地接近那只大野兽，眨眼间，就把那四只脚爪都砍到了手！"

大家频频点头称赞猎人的大胆勇敢。可当中有个庄稼汉却说：

"你从脚上下手，可见你打猎根本没有经验。你要砍，得先砍那畜生的头呀。"

"不对,"猎人恼羞成怒了,"经验我还少吗?不是我不懂得该先砍头,要是我来得及砍下它的头,那还用你说吗?"

 ## 水里来水里去

(保加利亚民间故事)

有这么一个滑头的家伙，他为了骗钱，在十字路口开起了一家小酒店。当从四乡来的客商风尘仆仆赶到这里时，往往都累了，于是就都在这家小酒店里歇下，喝上几盅酒。刚开店的那阵，小酒店老板倒也还常常弄些酒来给客商们喝，只敢在酒里稍稍掺点儿水。后来，小酒店老板看着顾客们只管付钱喝酒，对酒的质量并不十分计较，就放肆地用水来给顾客们喝，只在水里稍稍掺点儿酒。

这样过了一年，赚得的金币都把小酒店老板的钱袋装满了。于是他就关了小酒店，准备溜回到他远在海外的家中。这个卖水发财的骗子来到海边，看到一只小猴子，觉得挺好玩，就买了来养着玩。他搭上船渡海回家，船向着汪洋大海驶去。到了用午餐时分，小酒店老板来到船上的小餐厅用了饭。他吃得酒足饭饱，可只给小猴子吃几颗核桃。他吃得太饱了，肚胀神虚，恹恹思睡，于是就在甲板

上躺了下来。但他一躺下来，便忽然想起了他装满了金币的钱袋。他把钱袋从怀里掏了出来，搁到自己的头下枕着——这总该是最稳妥不过的了。这时，他旁边的小猴子正饿得双眼滴溜溜地直盯着主人，盼主人给它点什么可吃的东西。它看见主人把一只小袋子藏到头底下，心里就琢磨："那里头准是好吃的东西。"它急不可耐地等着主人睡着。这个骗钱发财的小酒店老板真的睡熟了。小猴子这时蹑着步儿走到主人身旁，把主人枕着的钱袋儿悄悄地拽了出来。它把爪子伸到钱袋里去摸了一下，摸出了一枚金币。它觉得这玩意儿很稀奇，马上塞进嘴里咬了一口，哎呀，这东西可不能吃！小猴子大失所望，一气之下抓起钱袋的挂带儿，在头上转了几圈，呼一下就把它给扔进大海里去了。

小酒店老板不早不迟在这瞬间醒了过来，他急忙跳起来，看到他那装满金币的钱袋落进了大海沉下去，什么也看不见了。小酒店老板急得紧紧抱住自己的脑瓜，顿时傻了眼儿。这时，船上正巧有个庄稼人看到这情景。他过去常进小酒店老板的店里喝酒，所以马上认出了老板，他瞅了瞅他，说：

"不用难受了，朋友。你的金币本来就是水给你的，现在，只不过是水又把它们收回去了。"

 **三个贼**

（非洲民间故事）

人们都这么说，有个国家里住着一个非常富有的人。他有很多的粮食、母牛、公牛、骆驼、山羊和绵羊。有一天，三个贼按预先约好的时间偷偷溜进了这个富人的家，偷出了他的牲口和钱财。他们把偷出来的赃物都弄到一个没有人知道的地方。

两个贼商量着让第三个贼去买点吃的东西来，那个贼也就动身去买食物了。这两个贼心中都有鬼，所以不约而同地策划道："我们的同伙一回来，这些赃物就得分成三份。那时，我们两人到手的还能很多吗？最好这么办，等他一回来，我们就宰了他！"他们就这样商量定了。

第三个贼到市场后，他心里琢磨："把赃物分成三份，我到手的也就不太多了。我何不在买来的食物上撒点儿毒药，让两个同伙都见鬼去，那样所有的赃物就都由我一人独得了。"

于是，他就在食物上撒上了些毒药，然后，踏上了回程。

还没有走到两个同伙同他约定的地点，两个同伙就猛扑上来，把他捅翻了，然后拿上他买回来的食物逃走了。他们吃了这些敷了毒药的食物，过一刻钟也都一命呜呼了。

三个贼最后什么也没有得到，先后全完蛋了。那些被偷走了的赃物被失主找到后，都拿回去了。

所以，有句俗话说：贼必死于他的不义之财。

 # 一猜就准的猫头鹰

（波兰民间故事）

从前有个人，既不是皇帝和王子，也不是国王和国王的儿子；既不是智多星，也不是修有仙魔之术的人；既不是魔术师，也不是隐士；既不是贵族少爷，也不是贵族老爷；既不是审慎的政治家，也不是部长；既不是军事家，也不是骄横的官吏；既不是大腹便便的商人，也不是嗓音甜润的歌唱家；既不是医生，也不是郎中，总之一句话，是个种田人，是个胆大心细的庄稼汉，他的名字叫布拉巧克。他所具有的智慧，既不是皇帝那样的，也不是贵族那样的，更不是老爷那样的，而是人们所说的：他的智慧十足是庄稼人那样的。

那天，布拉巧克进了城，他在市场上用几文小钱买了只凸眼猫头鹰，心想捎回家可以让儿子喜欢喜欢。他带着猫头鹰往自己的村子赶路。这时天色已是傍晚，布拉巧克也走累了，他思忖着该怎么过夜呢。他四下里一张望，不

远处，一户农家的窗扉透出灯光。"行啊，"他心里嘀咕，"咱就往那边去看看，说不定有善心人会收留我过个夜。"他悄悄蹑着脚挨近了小窗口，往里一瞧，只见一张铺着白桌布的餐桌上，放着一摞馅饼。馅饼烤得红通通的，看上去松软可口，直诱人口馋。旁边放着一只烤鹅和一瓶蜂蜜。桌边，安乐椅上坐着一位体态丰腴的妇人，双手伶俐地包着饺子，嘴里悠悠地哼着歌，等待着丈夫回家来。

"没有说的——碰上顿美味儿晚餐了！"布拉巧克在心里言语着，抬手"笃笃"叩响了窗扉。

"谁呀？你是谁？是梅蒂克吗？"

"开开门，美人儿，我——一个过路的，借你家烤烤火、暖暖身。"

女主人一下子慌了，她手忙脚乱地在屋子里藏这收那。转眼之间，馅饼儿飞进了面缸，蜜糖儿飞进了箱笼，而热腾腾的烤鹅飞进了炉子里。

"唉，香肠不是给狗准备的！碰上这样的主妇，你连面包皮皮也捞不上吃！"布拉巧克懊丧地自语道。他刚离开窗口，突然，使布拉巧克大感意外的是不远处传来了雪橇在雪地上轻快滑行的吱吱声。雪橇直向这房子驰来，身材魁梧的丈夫从雪橇里走出来，身穿暖和的皮袄向大门走去。他用上浑身之力"嘭嘭嘭"敲了一阵门，用最响亮的声音叫喊道：

"哎，婆娘，开开门儿！"

大门立即大开，女主人把马拉进了院子。这时，男主

人看见了布拉巧克,就向他打招呼:

"你是——老哥儿,你是什么人?"

"我是路过这里的,"布拉巧克回答说,"东家,请您给借个宿吧。"

"怎么站那儿,快进来,见客人,我们总是高兴的!"好客的男主人说着,面向妻子吩咐道,"喂,婆娘,摆开来吃晚饭!"

"拿什么摆呀?"主妇斜睨了布拉巧克一眼,长叹了一口气,"家里啥也没有准备,只有面包和盐。我没有料到你回家来呀。梅蒂克,你回来得这么早,我啥也没来得及给你准备呀。当然,对客人也就更没啥可招待的啰。"

"好吧,没有,也就只好没有啦,"男主人心平气和地回答,"有什么办法?家贫人自乐嘛,没有的时候,面包、盐和水,吃起来也蛮可口的。让我们有啥吃啥吧!"

当女主人摆餐桌的时候,男主人发现布拉巧克膝上有一只凸眼猫头鹰,便问道:

"哎,老哥儿,这是什么奇妙的宝贝呀?"

"这是只很巧的猫头鹰——小脑袋聪明绝顶,机灵绝顶,什么都能看穿,它最恨那些不说实话的人。"

"真的吗?机敏透顶,那么,这是你的宝鸟啰!"男主人夸了猫头鹰几句,就开始大口大口地吃起蘸盐面包来了。庄稼汉布拉巧克这时掐了一下凸眼鸟,它于是怪叫起来。

"它这是说啥呢?"男主人好奇地问。

"它说，面缸里有馅饼！"

"馅饼？真的吗，婆娘，去看看！"

"它是哪儿来的？"小气的主妇一边回答，一边慌张地看着这只会猜东西的鸟，"可能的，或者放着点什么东西也难说，我这就去看看……"她朝面缸里看了一眼，拍了下巴掌，仿佛馅饼是刚刚被发现似的。没办法，只好从面缸里把红通通的馅饼端了出来。

男主人和客人相互觑了一眼，一句话也不说，便大口咬起馅饼来。过了一阵，布拉巧克又掐了下猫头鹰——这只"头脑机灵"的鸟又尖叫起来。

"看看，这回它说什么来着？"男主人又好奇地问。

"胡说八道的，"布拉巧克做出一副挺为难的样子，"它瞎说什么箱子里放着一瓶蜜糖！"

"可能的呀，它说得有道理！"男主人大声地说，高兴得不住地搓着手，"去呀，婆娘，去验证一下！"

"真的，我可是一点也不知道呀。哪来的？可能还剩几滴也难说。我这就去看看……"于是，在餐桌上就出现了满满一瓶蜜糖。男主人和客人又相互心照不宣地觑了一眼，脸上都带着神秘的笑意，一声不响地用酒杯喝着蜜糖。蜜糖下馅饼，越吃越来劲。

猫头鹰又被悄悄掐了一下，它又一次叽叽叫起来。布拉巧克低声对它叫道："别作声嘛，你这个老贫嘴！住嘴，没你的事儿！"

但是好奇的男主人立即打断了布拉巧克和"万事通"

猫头鹰之间的谈话。

"不,你说出来,老哥儿,你那聪明的猫头鹰又猜到什么了?"

"它瞎说的!"布拉巧克做出一副仿佛不愿回答的样子,"它说,炉子里好像还有一只烤鹅。"

"烤鹅?婆娘,你听见了吗?鹅,并且是烤熟了的!好呀,这就把它拽到餐桌上来吧,顺便看看还有什么其他好东西没有。"

主妇很快走到炉子边,往里头看了眼,又拍了下手掌说:

"真有哪!啊,我的上帝,这是咋回事儿啊?不久前还啥也没有的,突然从哪里跑出来这只热腾腾的烤鹅!实在叫人懵懂,这只能说是神的奇迹了!"

善心的男主人不由自主地哈哈大笑,向布拉巧克挤挤眼,提议为这只绝顶聪明的、极端机灵的猫头鹰——这只能看透一切、忌恨不说实话的智多星而干杯。

第二天,布拉巧克又吃尽昨晚的剩菜余肴,吃得丰丰盛盛。当他向好客的主人告别时,丈夫向妻子使了个眼色,快活地笑了:

"噢,不管你怎么收藏得紧,卡丝卡,也没能瞒过猫头鹰。它教训了你的小气鬼脾气。看得出来,这个勇敢的庄稼人可不是个头脑简单的人物!"

三个猎人

（苏联哈萨克民间故事）

从前，曾有这么三个猎人：两个大胡子，一个光下巴。

一天，他们相约着到大草原里去打鸟。他们辛苦了一天，直到傍晚时分，才打到了一只野雁。猎人们于是搭起了帐篷，生起了一堆火，并商量着如何平分这只野雁。可是，他们马上碰上了一个难题：野雁只有一只，而人却有三个。

两个大胡子说：

"谁要是闷着嘴巴静默的时间最长，谁就得这只野雁。"

"行啊，"光下巴同意说，"就按你们说的办。"

他们围着火堆坐了下来，谁也不作声，好像三人的嘴里一下子都塞上了一块石头似的，你望望我，我看看你，一心等着别人先动嘴说话。

一个钟头过去了，两个钟头过去了，直到三个钟头过去了，还没有一人肯开一开口。

这时，光下巴默默地把那只野雁拿过来，并动手拔毛。

两个大胡子呆望着他，闭口无言。

光下巴拔光了野雁的毛，接着仍然默默地把它放进锅里，再把锅放到火上。

两个大胡子呆望着他，仍然闭口无言。

光下巴开始吃起来，直到他吮吸了最后一根雁骨的骨髓时，那两个大胡子才再也忍耐不住了，大叫起来："你怎么敢违背我们三人定的规矩，把野雁吃掉了？你这简直是打劫！"

但是，光下巴却对他们笑着说：

"你们有什么好恼火的呢？难道你们忘了我们三人定的规矩了吗？我们不是有言在先：谁静默的时间最长，谁就得这只野雁，是这样说的吧？你们俩先开口了，对吗？所以野雁就归我所有了。你们还有什么可说的呢？"

两个大胡子无可奈何地抹抹胡子，知道自己自作聪明反而上了当，于是只好饿着肚子去睡觉。

又一天，三个猎人打下了一只天鹅。他们拔光了它的毛，把它煮熟了，然后从火上端下来。

"我们该采取什么办法才能把这只天鹅分得公平合理呢？"一个大胡子问。

"这么办？"另一个大胡子回答说，"让我们把这只天鹅放在锅里留上一宿,我们三个人都躺下来睡觉。谁的梦做得最奇特,谁就得吃这只天鹅。"

"行啊,"光下巴说,"就按这办法办吧。"

三个猎人都躺下来睡觉。光下巴一躺倒就呼呼大睡,而两个大胡子却翻过来、侧过去地睡不着——他们一门心思要编出一个离奇古怪的梦来。

次日一早,光下巴说:

"现在,把你们的梦都讲出来听听吧。"

一个大胡子说:"我做了一个怪吓人的梦,梦中我变成了一匹飞马。我的肩膀上生出了双翅,脚上生出了蹄子,颈上密密茸茸长满了金光闪闪的鬃毛。我抖了抖鬃毛,伸了伸翅膀,跺了跺蹄子,蹦了三下,就从大草原的这头蹦到了另一头。这时,我的跟前出现了一个不相识的武士,模样儿挺英俊。他跳到了我背上,我为背上骑着这个力大无比的武士而自豪,就往空中高高地腾起,直飞腾到大地在视野中消失。我的头开始发晕,于是,我就醒了。"

另一个大胡子说:

"朋友,你的梦确实不错,但是我的梦比你的还要离奇得多。我梦见我就是你梦中的那个不相识的英俊武士。突然间,变成了飞马的你跑到我跟前。我一跳,跳上了你的背,抓住了你的鬃毛,飞到了天上。我在天空里越飞越远,只见前头是太阳,后头是月亮,脚下是灿烂的星星,还有白云和闪电。这时穿着轻纱的年轻美貌的仙女们从四方向我飞过来，又是吻我，又是给我撒各种珍奇的礼花，可当我伸出手去抓它们时，却一样也抓不着，想停住飞马也做不到……我的梦做到这里就完了，不知道以后怎么样。"

这时，光下巴接着说：

"朋友，你们的梦都奇妙极了，嗨，可真了不起！我跟你们是没法儿比了！我梦见，似乎是我们都坐在这个棚子里，突然，你们当中有一个变成了一匹飞马，而另一个变成了不认识的英俊武士。那飞马抖了抖鬃毛，伸了伸翅膀，跺了跺蹄子，蹦了三下，就从大草原的这头蹦到另一头。这时它跟前出现了一个不知从哪来的武士，他跳上了马背，就飞腾到天空里去了。我不由伤心地哭了起来。我自个对自个说：'看来，我的朋友是再也不会回到大地上来了。他们再也不会来吃这只天鹅了。让我怀着对朋友的敬意向他们祭祀一番吧！'说完，我满怀哀痛地拿起煮熟的天鹅，一口气把它吃了个精光。"

"你怎么说来着？"两个大胡子异口同声地大叫起来，"这是不可能的事！"

他们赶忙探头往锅里一瞧，里头真的只剩下一些天鹅的碎骨了。

 ## 野鹅怎样把人带上了天

（苏联拉脱维亚民间故事）

有一个人把豌豆撒在湖边的地里。第二天天一亮，飞来一群野鹅，把他撒的豌豆都给啄光吃尽了。这可怎么办好呢？

他琢磨着，思考着，这个办法也不行，那个办法也不好。用鸟枪打，打死一只，其余的都飞了，用竿子打，也许能打到，也许打不到。思来想去，什么好办法也没有想出来。

"等等，"这个人想，"我去买些蜜糖和白酒来，泡进豌豆里去。"

他这么想就这么办了。天亮时分，飞来了好大好大的一群野鹅。野鹅啄吃着豌豆，吃了一阵，到木盆里喝上几口水，又继续去吃豌豆，这样吃吃喝喝，喝喝吃吃，喝饱了，吃胀了，于是一只只都不会动弹了。这个人手里拿着绳子候在一旁，只等这一时刻到来。他把鹅一只一只都用

绳子捆住。捆好后，把绳子一端拴在自己腰间，然后就动手宰鹅。

他刚把刀杀进一只鹅的喉咙，这只鹅就嘎嘎地大叫起来！声音这么大，惊得其他的鹅也都恐慌地大叫起来。于是在一片嘎嘎嘎的喧闹声中，鹅群起飞了。这样，就把他带上了天空。

鹅群飞过湖泊上空，这个人怕在湖里淹死。鹅群飞过森林上空，这个人又怕在树梢上挂死。鹅群飞呀飞，飞呀飞，忽然这个人发现了下面是一片长满厚厚苔藓的沼泽。他觉得有救了，就快慰地笑起来。他想："这样的泥沼跌下去也死不了人！"于是他便拔出刀来，把拴在腰间的绳子割断了。

鹅群听到人落入沼泽的声响，便以为这准是有人向它们开枪了，于是嘎嘎声叫得震天响，并且更加快了飞行速度。这个人像石块般沉沉地落进了沼泽中，一下子陷进去，稀泥直没到胸口。他陷得这样深，拔又拔不出，动又动不得。他泡了一天又一天，总无法摆脱困境。他又饿又困，可又有什么办法呢？

一只喜鹊飞到他头顶，盘旋了几圈，"喳喳喳"地叫了一阵，叼住他的头发拔了一会，也无济于事。正在危难之际，突然——总算他运气好，一只大灰狼从他身边跑过，他毫不犹豫，说时迟那时快，他一把揪住了狼尾巴，一下被带出了泥淖，接着又颠了一阵，似乎已经离开沼泽了。

到第三天,这个人才回到家。他回到家时,人已经累得不死不活了。尽管这样,他的妻子和孩子也很高兴——因为他终于活着回来了。

鹅群从那时起,在天上总是飞成一溜儿,一只一只等距相跟,直到如今。

# 聪明人怎样救人下树

（阿富汗民间故事）

一天，村里有个手脚最灵敏的人沿一棵粗树往顶上爬，他爬呀爬呀，终于爬上去了。可怎么也找不到下树的办法，他只好向村人呼喊求救。全村人从四面八方聚集过来。他们在树下费尽心计，可怎么也想不出一个办法来救助那在树上求救的人。

村里有一个聪明人说："拿锯来，必须把树锯倒！"

而另一个聪明人却大不以为然，他冷笑了一声说："你的点子太高明了，真叫人没说的。可你不曾想过，树一倒，人也不就被压死了吗？"

大家都不说话了。

最后，村子一个最勇敢的人站出来，出了个主意："喂，朋友！你闭起眼睛一跳不就得了！"

村子里一个力气最大的也站出来献策道："不行，最好还是大伙一个踩在一个的肩膀上，把他从树上接下来。"

可一个最谨慎的人马上反对说:"不行,最好在树旁修一座塔。"

这时,村里的一个想事最精细的人也发表意见了:"老伙计,等你修成了塔,他不早饿死了?"

大家左思右想,绞尽脑汁,就是想不出一个好办法来。正在这危急的当口,站出来一个人——村里就数他最有心计。他对大家的争议只是笑了一笑。

"给我拿一根绳索来!"他吩咐了一声,就自个儿卷起袖管来。

卷好袖子,他仰起头来对坐在树上的那个人喊道:

"喂,你这个大傻瓜,抓住!"说着,他把绳索的一端往上抛给了那树上的人。

"就这样,你把绳子拴在身上,要拴紧……拴好了吗?"

"拴好了,我的救命恩人!"

"这就下来吧!"

这位最有心计的人说完这句话,就使劲儿朝下猛拉绳索。

坐在树上的那个人掉下来了,"咚"的一声,摔死了。

大伙都朝这个聪明人骂:

"你把人给害死了!"

这个聪明人却回答说:"这根本不是我害死了他,而是他自己命数不好呀!我天天就用这办法拴水罐子往井里提水哩,我可从来也没有打碎过一个水罐子。"

# 皇帝和梅花雀

（苏联格鲁吉亚民间故事）

不知道是否真有这回事，反正故事讲的是一个威势赫赫的皇帝。他心肠狠毒，丧尽天良，并且非常贪婪——他管辖的国家里有什么好东西，他都要掠为己有。宫中的他要夺，宫外的他更要抢。

皇帝是这样，宫中臣僚们和差役们更是去掠夺、压榨老百姓。这样，老百姓就越来越没有活路了。谁要是讽喻非议皇上，他不是被砍头，就是被投入黑牢，永世不得再见天日。

有个穷庄稼汉抓到了一只梅花雀，他把这只小鸟教得既聪明又机灵。有一天，庄稼汉让梅花雀飞进皇宫去。

梅花雀飞进宫中，它在御花园的一根枝条上停下来，唱道：

谁的心肠最凶狠？

皇帝心肠最凶狠!

接着又换一个调儿唱道:

叽叽喳喳,叽叽喳喳,
皇帝总有一天掉脑瓜!

皇帝一听,可把这只梅花雀恨死了,他狂怒起来,马上下令抓住梅花雀。

差役们蜂拥而出,他们抓呀,捉呀,一心想把梅花雀逮住。他们个个都想逮住它,好向皇上报功领赏。可是梅花雀依旧唱它的歌:

叽叽喳喳,叽叽喳喳,
皇帝总有一天掉脑瓜!

"别让我听见这叫声!"皇帝狂吼起来,"抓住它,把它宰了送到我的餐桌上来!"

差役们马上执行皇帝的命令,终于抓住了梅花雀,并送到皇上的餐桌上来。

梅花雀虽然被抓到了并已经被火烤成了一只熟雀,但它还是唱着:

叽叽喳喳,叽叽喳喳,

皇帝总有一天掉脑瓜!

皇帝暴跳如雷,恶狠狠地一把抓起梅花雀,一口吞进了肚。

午餐后,皇帝到御花园散步,他屁股后头跟着一帮子臣僚。突然,梅花雀的歌声又从皇帝的肚皮里冒出来:

叽叽喳喳,叽叽喳喳,
皇帝总有一天掉脑瓜!

皇帝吓慌了。他把侍卫官们都叫来,吩咐他们把梅花雀从他肚子里赶出来。侍卫官们恨不能立刻给皇帝吃一种灵丹妙药——叫梅花雀停止歌唱,飞出皇帝的肚腹。

"别叫它活着出去!"皇帝叫道,"把你们的弯刀和大刀都拔出来,从四面八方围住我。一见梅花雀飞出来就用刀砍它,别叫它活着飞出去。否则,我把你们一个个全绞死!"

臣僚们一听都吓坏了,当即唰唰唰地拔出刀来,围住皇帝,等着梅花雀飞出来。突然,梅花雀从皇帝的嘴里"嘟"一声飞出来了。臣僚们马上挥刀砍去,只见刀光剑影在皇帝头上交映,大家乱砍一气,结果梅花雀没砍到,皇帝的脑瓜倒被砍落了下来。

梅花雀鼓扇着一对小翅膀,飞到高处,蹲在树枝上,又开始了它的歌唱:

叽叽喳喳，叽叽喳喳，
如今皇帝终于掉脑瓜！

 # 人怎样斗过了狼

（苏联拉脱维亚民间故事）

有个老头儿在树林里遇上了一只狼。狼正饿得慌，就向老人嗥叫道：

"喂，老头儿，我要吃你！"

"可是，灰毛兄弟，你没看见我浑身上下都是汗，多脏啊！我到溪里洗一洗，洗干净你再吃好吗？"

"你反正跑不了的，"狼答应了，"你去洗吧，可得要快一点，我可是饿慌了。"

老头儿就向溪边走去，狼也就随后跟到了溪边。老头儿洗啊，洗啊，边洗边想主意——怎样才能把狼治住。终于，他拿定了一个主意。他洗好澡，对狼说：

"你看我没有抹布擦身子，就借你的尾巴用用吧！"

狼心里想，等老头儿擦干净了就吃。于是就转身把尾巴朝向老头儿说：

"给，可你得快擦哟，我可是太饿了。"

老头儿一把揪住狼尾巴，从一旁捡起一根结实的木棍，狠狠对着狼腰猛揍，边揍边说：

"谁聪明，谁就有办法。今天老子叫你吃个饱吧！"

狼要挣着往前跑掉，可是老头儿凭借着一个树桩，死死地把狼拽住，边拽边拼命地猛打。最后，狼用尽全身气力一挣，"咯嘣"一声，尾巴断了。老头儿哈哈大笑起来。狼惨叫着跑进了森林。老头儿把狼尾巴插在腰间，转身走了。

狼跑进森林中，不住声地嗥叫着。听到它的嗥叫，从四面八方聚拢来一大群狼。老头儿马上爬上了一棵枞树。刚爬上去，狼群就带着一片狂叫声赶到了树下。狼想了好久——人在树上，该怎么办呢？最后它们终于想出了一个办法，一个踩着一个的背，这样层层叠叠就能搭到枞树顶。

遭了毒打的狼最拥护这个办法。它头一个站到枞树底下，叫其他的狼都踩着它的背爬上去。很快，叠到最高处的狼眼看快要抓到老头儿的脚了。这时，老头儿对最上头的狼小声儿说：

"喂，你听着，老弟，你下面的狼都吃不着我，你最好站上来独自享受。我挂在树枝上，你可以不慌不忙地啃着吃……"

正当这只狼犹疑的时候，老头儿已经想出了办法。他把插在腰间的狼尾巴突然往下一丢，说：

"哎，断尾狼！瞧，这是你的尾巴！"

断尾狼正为没有尾巴而大伤脑筋,眼看真的有根狼尾落下来,就不顾一切地蹿过去抓自己的尾巴。但是它一挣开,上面叠着的狼就都"哗啦"一声倒翻下来了。它们都摔伤了脖子,惨叫着各自跑散了。打那以后,狼的脖子就都不会朝两边拐了。

 ## 果然不出捕鸟人所料

（印度民间故事）

一天，捕鸟人在小麦地里布下了一张大网。当夕阳西下时分，许许多多、形形色色的鸟飞到小麦地里来找食的时候，捕鸟人便把网一收，一片鸟儿就都落了网。可是鸟儿们都想挣脱网罗，便一齐用力，往天空飞冲，这样，便把网也带上了天空。

鸟群飞得很慢，因为它们带着网飞行。捕鸟人看到这种情形，就跟着鸟群跑。他边跑边仰望天空，一步不放松地紧追着。

捕鸟人追呀追呀，当他经过一个村庄时，跟一个过路人撞了个满怀。

"你忙啥呀，我的朋友？"过路人问。

"快，我要把那群鸟逮住，它们还拖走了我的一大张网哩。"捕鸟人回答。

"哟，你的智慧都到哪儿去了？"过路人惊讶地说，

"难道你没看见，它们飞得那么高，那么齐心，你永远也不会逮住它们的。"

"瞧着吧，瞧着吧！"捕鸟人大声说着，飞步追赶去了。

太阳落山了，鸟儿开始寻找自己的歇宿处。

"让我们飞到河边去过夜！"野鸭们建议说，"河滩上的芦苇丛是再美妙不过了！"

"最好还是到香蕉林里去过夜！"鹦鹉们大叫着。

"我们要求到沼泽里去过夜！"朱鹭们大叫着，"那里的大青蛙多得抓不完！"

"我们要到河边去！我们要到河边去！"野鸭们大声嚷嚷。

"可我们要到香蕉林中去！"鹦鹉们的声音也不小。

"我们要到沼泽里去！"朱鹭们更是齐声叫唤。

它们一个劲儿地吵吵嚷嚷，但总也无法达成协议。

看见右边有河，野鸭把网向水边扯去，而同时鹦鹉拼命拉向左边的香蕉林，朱鹭在同时向后拽，拽向沼泽。

当鸟儿们一失去齐心向一个方向拉网的力量，网就开始向地面沉降。最后，网把鸟都坠到了地上。于是捕鸟人飞快奔跑过去，拉住了网，背上自己的一网捕获物回家了。待到次日，他把所有的鸟都拿到市场上销售一空。

魔 琴

(斯洛伐克民间故事)

话说有个穷小伙子,长得又机灵又壮实,连魔鬼都怕他。据说有一天,他到山谷里逼着魔鬼为他制作了一把小提琴,只要他将这把魔琴拉响,人们都会情不自禁地手舞足蹈起来。

他带上这把魔琴,出外到富人家里找活儿干。

他来到了一个很富有的牧师家里,问他想不想雇用他。牧师一看他那壮实的模样儿,就雇用了他。

牧师第二天就把一群牛交给他去放牧。小伙子把牛赶到牧场上,自个儿拉起小提琴,牛就按着乐声的节拍跳起了舞。他整天地拉个不停,牛也就整天地跳个不停,结果一条条牛都跳乏了。他赶着牛群回家的时候,牧师见牛腿都跛了,就问他:

"你这牛是怎么放的啊?"

小伙子只是默不作声。第二天,牧师不让他放牛了,而让他去放羊。他还照样从早到晚地拉他的小提琴,他放的羊也就一直跳个不停。

第三天他不拉魔琴了,让牲口安安稳稳地在草地上吃草和休息。

牧师想看看他的雇工究竟在干些什么。他怕小伙子认出他来,就脱掉牧师平常穿的衣服,偷偷摸摸地蹑着脚躲着身挨近了小伙子。可是小伙子不愧是机灵人,他早已经瞅见牧师鬼鬼祟祟地在向他靠近。待牧师刚钻进一个刺蓬里,他突然拉响了提琴。牧师就在刺棘丛间舞蹈起来。他跳呀跳呀,刺扎得他浑身上下皮破血流。他恳求小伙子停止拉琴,只要答应他的恳求,就分给他半份家产。可小伙子知道这不过是个骗局,不予理睬,还是继续不断地拉下去,直到他看见他的东家从头到脚都是鲜血淋漓才收住了他的弓弦。

次日,牧师就上法院去控告小伙子,法官们马上作出判决:把小伙子绞死。当刽子手把绞索套向他的脖子时,他请求允许他最后拉一次提琴。大家都同意,只有牧师一听说就慌张起来,表示强烈反对。但谁也不听他说的,依然叫小伙子拉琴。这时牧师就要求:"这样吧,你们要让他拉琴,那么就把我紧紧绑在那根木柱上吧。"

大家答应他的要求,把他捆上了柱子。小伙子于是开始在绞刑架下拉起小提琴来。老爷和太太们双双对对按着琴声的节律跳起舞来。这时捆在柱子上的牧师却在一旁幸灾乐祸:

"我让你们别叫他拉提琴！我让你们别叫他拉提琴！"

在大家跳得心满意足、尽够舞兴的时候，小伙子适时地收住了弓弦。老爷太太们无不十分快活，他们在这兴头上赦免了小伙子的绞刑，反把牧师绞死。要是小伙子还活着，兴许如今还能听到他的琴声呢。

恶 魔

(马来亚民间故事)

有一个人娶了一个非常漂亮的老婆,日子过得比哪个都幸福。可有一个恶魔对他的幸福垂涎三尺。恶魔摇身一变,变得跟他一模一样,就如两滴水珠一般儿地相像。恶魔来到村子里,对这个幸福的丈夫说:

"你走开!这是我的妻子。"

怒不可遏的丈夫扑向魔鬼,他们厮打起来,在地上滚来翻去。妻子的父亲听到这消息,赶忙拿了一把刀,前来援助自己的女婿。但到面前一看,根本没法分清真假女婿——到了连亲人也难以分辨的地步!而最糟的还是年轻的妻子,她不知道该听谁的话好,不知道该为谁浆洗衣服,不知道该为谁做饭。真假两个丈夫都叫她的名字,都叫她做事,她坐在小屋里号啕大哭起来。最后,两个男人打成一团,互相揪着对方的头发,谁也不能把他们劝开。于是,只好去找村里的头人裁判。

这时真丈夫说：

"各位父老，我不久前娶了亲。但是忽然来了个外人，叫我走开，还说'这是我的妻子'。请各位主持公道，为我评评这个理！"

可是，魔鬼也站出来说了同样的话，乡亲们不知该听谁的才好。

这时，真丈夫对太阳起誓，他说，不是别人，而正是他，才是他妻子真正的丈夫。可魔鬼却反驳道：

"你起誓赌咒哪怕一百遍，我的妻子也不会成为你的妻子！"

头人思忖了好一阵，还是无法解决他们之间的争执。于是，乡亲们把他们的讼事交到全岛总管那里去。总管比谁都机灵，比谁都聪明。他听过两个真假丈夫的申诉后，就吩咐他们各人把一只沉重的箱子扛起来，上山下山走七次。箱子里躲着一个人，但这一点除了总管是谁也不知道的。

第一个扛箱子的是真丈夫。山很陡，他扛上沉重的箱子，一路吃力得直哼哼：

"我吃不消啦！可为了妻子，得受住这番苦！就是再扛几次，我也能挺过去，只要我能重新得到她！"

第二个扛箱子的是魔鬼。他扛着箱子，一路气喘吁吁地说：

"我吃不消啦！为了这个女人，我得挺住！就是再扛几个来回也行，只要她能做我的老婆！"

箱中的人已经从这些话语中辨别出了两个中哪个是真丈夫，他咬着总管的耳朵悄悄地告诉了他。于是，总管传下命令，叫取一根竹筒来，要很长的，要竹节全都打通。他说：

"你们两人中，谁能从这个筒里钻过去，他就是真丈夫！"

丈夫走到竹筒跟前，尽管他想尽千方百计，施尽浑身招数也钻不过去。可是凡人做不到的事，魔鬼却能做到。当轮到魔鬼钻的时候，他把自己缩成细细的像一条蛇，一钻就钻了进去。他信心百倍地认为：这回他赢了。然而机灵的总管已经判明了哪个是骗子。当魔鬼钻到竹筒中段时，总管当机立断，马上下令将竹筒两头堵死，这样，恶魔就被逮住了。真正的丈夫又得到了自己的妻子。

神奇的树皮鞋

（俄罗斯民间故事）

从前，有个村里住着一个名叫伊凡的农夫。他打算去探望远居异乡的胞弟斯捷潘。

他动身上路这天，天气很热，一路上尘土飞扬。伊凡走着走着就走累了。

他在心里嘀咕："我走到溪边，就要痛痛快快喝几口水，然后好好休息一下。"

当他走到河边的时候，看见河边坐着一个陌生的老头。他把树皮鞋脱在一棵小白桦树下，自己坐在一边慢慢儿吃东西。

伊凡喝过了水，洗了把脸，就走近这位可亲的老头，问道：

"老爷爷，你准备到很远很远的地方去吗？"

"是的，很远，亲爱的，我到莫斯科去。"

"莫斯科？走路？老爷爷，你就是天天赶路，赶上半年也到不了！"

可老爷爷却回答说：

"不用不用，亲爱的，用不了半年。我编了双树皮鞋。可不是普普通通的那种鞋，而是一双有神功的树皮鞋。一穿上脚，脚就自个会往前跑。"

他们挨个儿坐在一块，拉着话。不一会，老头就躺在白桦树下，睡熟了。这时，伊凡心里嘀咕：

"这样的树皮鞋，我能有一双就美了！我把自己的脱下来跟老爷爷的那双换换。我穿上这双有神功的树皮鞋，眨眼间就可以到达胞弟的家里了。"

他一边想着，一边就把自己的树皮鞋脱下，放到白桦树下，悄没声儿地偷偷把老爷爷的树皮鞋穿到自己脚上。

伊凡刚一穿上，忽然身子就跳起来，一筋斗就翻出好远，接着，就顺着路飞跑起来！

他大步飞奔向前，被吓得魂不附体。他一迭声地叫苦道：

"脚，我的脚，你们往哪里跑？停下来！"

可树皮鞋还是依然带着他飞跑，伊凡想停也停不下来。

他跑呀跑，很快就看见了他胞弟家所在的村庄。那不就是弟弟的房子么！他一飞进门厅，就一脚踢倒水桶，踏倒扫把，接着又把一堆整齐的干柴踢得稀里哗啦、七零八落。他躺下，可双脚仍然在空中不停地踢腾。

他心里直犯嘀咕："噢哟，我受罚了！我没有得到人家允许，就把人家的好东西给拿来，我干了坏事了。我得赶快把树皮鞋脱下来丢掉！"

他忙把树皮鞋解开，抛在一边，双脚这才停止了踢腾。伊凡感到害臊了。

"在那位老爷爷面前，我太缺德了！唉，真羞人！我得马上回去把树皮鞋还给他。不过，我这下已经进了弟弟家门口了呀。"

他把树皮鞋拎在手里，走进了弟弟家。弟弟家坐着许多客人，正吃得热闹哩。他们一见伊凡，就都笑着说：

"你这是怎么啦？光着脚板，却把树皮鞋拎在手里？"

伊凡回答说：

"不瞒各位，这双树皮鞋我穿着有点儿挤脚，磨得我的脚好生疼痛，我只得把它脱下啦。"

他坐到桌子边，同他相挨而坐的是阿更。阿更打量了一眼伊凡的树皮鞋，心想："巧啦，我穿他的树皮鞋恐怕正合脚。把我的这双跟伊凡的那双换换吧。"

阿更想着就伸手拿过了伊凡的神鞋，而把自己的鞋悄悄放到伊凡原来放鞋的位置上。他背着人走到台阶上，在那儿坐下来把鞋穿上。

他一穿上神鞋，腾的一下从台阶上猛然飞起，沿村狂奔。他跑呀跑，跑呀跑，怎么也停不下来。阿更吓得不得了，大叫道：

"做做好事哟，把我逮住！让我停下脚来！"

他从自己的农舍门口飞奔而过。这时他的几个儿子都

忙迎将出来,他们站在路边看父亲奔跑不停,就连连问道:

"爹,你一个劲儿跑呀跑呀,跑哪里去?"

阿更大声回答:

"跑回家呀!"

娃娃又问:

"不对吧?爹!我们家的房子在那边呢,可你却跑向哪里去了?"

还算阿更运气好,他面前出现了一棵大白桦树。阿更连忙跑到白桦树跟前,一把抱住了树干,可还是围着树干转呀转,转个不停,嘴里唤着他的那些儿子。

"快把你妈妈给我叫来!"

小家伙们跑回了家,吓得连声哭叫道:

"娘,快到外头去看看吧!爹怕是疯掉了!一直围着大白桦树跑呀转呀,跑个不歇,转个不停!"

母亲跑到屋外。看见阿更还在围着大白桦树奔跑不止,嘴里不停地喊:

"噢,我造了孽了!不经别人允许,就把别人的好东西给拿来。赶快过来给我把鞋脱下,亲爱的,快脱下这双树皮鞋!"

他的妻子忙跟在他身后跑着,边跑边解下丈夫脚上的树皮鞋。阿更把树皮鞋从脚上一脱掉,脚就停下来了。他的老婆和几个孩子,忙把他搀扶进了家门。

"呵,差点要了我的命!吓得我心都快从胸口里蹦出来了!玛兰妮娅,把树皮鞋抛到屋角去。明儿大清早,我把它送还给伊凡。这会儿,我可得歇口气了。"

阿更刚在长凳上坐下,突然"咿呀"一声,门被推开,走进来一个老爷和赶车人。

"老哥,"老爷打招呼说,"我们打猎迷了路。在你这里借宿一夜可以吗?"

"可以可以,老爷,你歇下就是。"阿更一边答应着,一边还在气喘吁吁。

老爷端详了他一阵说,

"到底是咋回事,老哥,病了么?"

"病倒没有病,老爷,我好好儿的呢。刚才是被一双树皮鞋折磨得好苦。"

"什么样的树皮鞋?"老爷问道。阿更便把刚才遭遇的不幸,一五一十地告诉了他。

老爷抓起树皮鞋就夺门而去。

"这样的神鞋呀,你不配穿,老哥!像我这样的老爷穿上,可就适宜了!"

老爷一边推开阿更家的门,一边忙把树皮鞋套到自己脚上。

老爷刚一把树皮鞋套上脚,身子就不由自主地跑将起来,一直沿着村路飞奔。老爷飞快地跑着,一溜烟就跑出去老远。他吓坏了,扯开嗓门儿大叫大嚷:

"把我抓住,帮个忙呀,让我停下来!"

这时,村里所有的人都酣然沉睡了,谁也没听见。老爷很快跑进旷野。他坡坡坎坎地跳着，每脚落处总有许多青蛙被踩成肉酱。接着，树皮鞋把他带进了森林。森林里更是漆黑一团，百兽沉睡着，只有乌鸦叫个不休：

"咯啊——咯啊！"

林中有条河流在奔腾着，水深流急，两岸怪石嶙峋。老爷跑到这里未能收住脚步，扑通一声跌进河中！老爷像一坨石头似的一沉到底，只冒了几个水泡泡儿。

老爷淹死了。具有神功魔力的树皮鞋却自己浮上了水面，并随波逐流往下漂，漂了整整一夜，第二天一大早淌到了它的主人坐着的地方。

老爷爷看到他的树皮鞋漂来了，就伸手从水里一把捞起，在太阳下晾干。他笑呵呵地把神鞋穿上了脚，又继续赶他的路。他自己编的树皮鞋，当然百依百顺听从他的意志，在不需跑的时候，都能随意停下。

 **打吧，木杵**

（阿尔巴尼亚民间故事）

从前，有一对老伴儿，他们只有个女儿。女儿脚勤手快，十分伶俐。但后来，女儿出嫁了，两位老人的面包也就没有来源了。他们想呀想，决定由老头儿去找女儿。老头儿来到女儿家门口，抬手敲门："嘭！嘭！嘭！"

"谁呀？"

"开门呀，好闺女。"

她开了门，看见来的是父亲。她把父亲端详了一阵，不由得难过起来——老人这样瘦弱。

"父亲，您这是怎么啦？"

"唉，好闺女，我们都快饿死了，没有面包吃呀。"

"好吧，"闺女说，"您把这南瓜拿去，对它说：'开饭，南瓜！'您会看见您面前都摆些什么的。"

老人抱着南瓜往回走。路上，他想："我得把南瓜试上一试。"他把南瓜放在路中心，拉开嗓门儿说了句："开饭，南瓜！"这时，他看见了什么？从地里升起一张餐桌，上面荤素汤酒一应俱全！老人心花怒放，大口大口地吃了个饱，然后说了声："收了，南瓜！"老人就回家来了。

老太婆看见南瓜，就冲着老头儿叫起来：

"你这是干吗？老东西，竟捧个南瓜回来？我们连面粉都没一撮，可你却想着做南瓜馅饼！"

"等等，别嚷嚷，你说上一句：'开饭，南瓜！'就一下子什么都明白了。"

老太婆抱起南瓜，说："开饭，南瓜！"南瓜就给老太婆开了一桌佳肴美餐。老太婆吃了个大饱，好久没这样饱餐过了。

老头子和老太婆的生活马上就富裕起来了。

一天，老太婆把女邻居请过来吃晚饭。当然少不得要把宝贝南瓜赞美一番啰！她把南瓜放在房子中央，说了那句话，就体体面面地把客人招待了，然后就把南瓜放在门后。女邻居留意到这一点，悄悄地也在门后放上她自己的南瓜，而把那自己会开饭的南瓜换走了。到傍晚，老头儿回来请南瓜开饭时，南瓜就啥也拿不出来了。他甚至跪下叫，也无济于事。

于是老人来到女儿家里，伤心地哭了。

"发生了什么不幸，爸爸？"

"我们的南瓜完了，什么也不能给我们了。"

"你们邀请客人了吧？"

"只请了女邻居过来吃过一顿饭。"

"好了，"女儿说，"您拉这只驴子去吧。只要对它说声：'吐吧，驴子！'您会看见您眼前出现了什么。"

老头儿把驴子上了笼头，拉了回来。路上他想："我得把驴子试上一试。"就开口对驴说："吐吧，驴子！"老人这时看见了什么？从驴嘴里叮叮当当地吐出许多金币来！老人心花怒放，急忙跑回家给老太婆看奇迹。他把门敲得嘭嘭响。

"憨老头子！"老太婆大声说，"我们自个儿还没粮食糊口呢，拿什么喂驴？"

"别叫叫嚷嚷的，小心烂了你的舌头！"老人神秘地说，"你把驴牵出来，对它说'吐吧，驴子'！"

老太婆说了声："吐吧，驴子！"驴子就把金币叮叮当当地吐了出来。老太婆可乐坏了！第二天，老太婆对老头子说：

"把驴子拉上，到市场上去走一趟，买些粮食，买些衣服。"

老头儿带上驴子到市场上去。他买这又买那，钱很快花光了。他把驴子拉到一边，对它说："吐吧，驴子！"于是金币把几只衣袋都装得饱鼓鼓的。他接着又继续去买衣服。不幸的是，这情景被一个过路人看见了，便悄悄地换了他的驴子。老头儿什么也没疑心，捎上买得的东西就回家来了。

过了三天，老人又需钱花了。他对驴子说："吐吧，驴子！"但过了好一阵都不见吐出金币来。再叫，还是什么也没有。他开始揍驴子——可这是无济于事的。

老人又去找女儿。女儿惊诧了：

"还来做什么？"

"毛驴的金币全吐完了！"

老人把经过一五一十地讲了一遍。女儿说：

"好吧。这回我给您一个洗衣用的木杵。您对它说：'捶吧，木杵！'您又会生活得幸福的。"

老头儿捎上木杵往家走。路上他想："我得把木杵试上一试，这回看给的是什么。"他对木杵说："捶吧，木杵！"木杵马上就揍起他来，呼呼呼地直揍得他肉痛骨疼。

他拿着木杵回了家。老太婆一见老头儿拿了根木杵回来，就吼开了：

"你这个傻老头，你要这木杵干吗？我们这些破衣烂衫还有什么必要洗呀？木杵我们拿着啥用处也派不上！"

老头子笑了：

"你对它说'捶吧，木杵'，你会看见奇迹的。"

老太婆心花怒放，大叫一声："捶吧，木杵！"木杵照例给她一顿好揍。

"啊哟！"老太婆告饶道，"饶了我吧，我再也不骂我的老伴儿了！"

木杵停了下来。可女邻居听说他们家里又出现了神杵，就又想把别人的宝物据为己有。她来找老太婆，对她躬身哈腰地说：

"好嫂子哟，你家有木杵吗？"

"有呀，"老太婆说，"你用时得对它说声'捶吧，木杵'，否则它不会自己动起来。"

女邻居把木杵拿回家后，对它大叫一声："捶吧，木杵！"木杵照例给她一顿痛打。

"停下来！饶我这一回吧！"她大声求饶着，"我马上把南瓜送回去！"

木杵饶了她。女邻居不得不把宝贝南瓜送还两位老人。

接着，老头儿又把木杵带到市场上去，他心里想："得好好教训教训那个贼，是哪个没有良心的家伙换去了我的驴子？"他走到市场上，挥着木杵说：

"谁要，谁要，谁要神杵！"

贼这时恰好在场，他一眼就认出了这个老头。他想，这回木杵又能给他带来金子了。他忙走近老头，对他说：

"卖给我！"

"好的，就卖给你。但得说清楚，如果你不对它说'捶吧，木杵'，那么木杵啥事儿也不会为你做的。"

贼把木杵买走后，就对它说："捶吧，木杵！"木杵就立刻猛揍起他来："噼——噼——噼！"

贼疼得讨饶说：

"停下！我情愿把驴子还给老人！"

木杵这才停住。贼不得不把驴子牵还给老头子和老太婆。

故事到这里就完了。两位老人无忧无虑地生活着，驴子也好，南瓜也好，对老人所需的一切，直到现在都还有求必应呢！

 ## 村长和恶魔

（阿富汗民间故事）

村长奇里曾吃过恶魔不少苦头,他下决心要找到恶魔,把它宰了,只有这样才能使大伙免遭厄运。

有一天,他正在草原上寻找恶魔决斗哩,这时迎面向他走来一个人。他们走近之后,来人问他:

"你往哪儿去?"

"我去找恶魔。"村长回答。

"找它干吗?"来人盘问道。

"我要把它宰了,叫大伙免遭它的歹毒手段。"村长奇里回答说。

来人听了就告诉他:

"我就是恶魔。"

村长就向它扑去,两个马上就扭成一团。最后村长奇里占了上风,把恶魔压倒在地。接着他就拔出刀来动手要宰。但恶魔求他先别下刀:

"等等,村长。你等一下杀我不迟,先听我对你说。"

"你说吧!"村长命令道。

"杀了我你捞不到什么好处,"恶魔说,"要是你饶了我的命,你会因此得到好处的。"

"什么好处?"村长奇里问。

"要是你放了我,我每天早晨会在你枕头底下放二十枚银卢比的。你活着一天我就送一天。"恶魔说。

村长奇里听恶魔这么一说,杀恶魔的决心马上就动摇了。他细细一想:"是这么回事儿呀,我杀了它我能得什么呢?像这样的恶魔世上还多着呢,可能还有上万个。可我要是刀下留个情,它每天能给我二十枚银卢比呀。"这么一思量,村长奇里就跟恶魔谈判起来,订好契约后,就把它给放了。

第二天早上起床时,村长奇里抓起枕头一看,果真放有二十枚银卢比。村长顿时欣喜万分。

这样持续了整整一个礼拜。可村长却没有向任何人提起过这回事。"太好了,"他想,"我什么活也不用干,就能这样源源不断地花恶魔的金钱。"

然而,一个礼拜之后,当早上村长醒来,习惯地往枕头底下一摸时,却没摸到钱。村长感到很意外,他想这准是恶魔忘了把银卢比给他送来了,明天早上它一定会把两天的一起送来的。可是到第二天,枕头下还是没出现银币。村长奇里等过一天又一天,银卢比始终不见送来。村长于是大发雷霆,就动身去找恶魔。

还是在上次那片草原上,他们又碰在一起了。

"喂，骗子！"村长对恶魔说，"你究竟跟我要什么花招？"

"你说我究竟跟你要了什么花招？"恶魔问。

"你自己答应每天给我送二十枚银卢比，开始的一个礼拜，我天天都能从枕头底下找到钱。可近来好些日子没见你送钱来了。"

"呵，村长，"恶魔说道，"这可不是我一辈子欠下的债务，确实，我给你送过几天钱，后来就不送了。要是你不满意，就来打上一架，比个输赢。"

村长奇里确信自己的气力，他想：上回我已经把恶魔斗赢了。两个仇敌又一次互相扭打起来。这一回恶魔毫不费力地把村长举起来，摔倒在地上，它骑在村长的胸脯上，拔出刀来要杀他。

这时村长说：

"呵，恶魔，你先别忙杀掉我，请允许我向你提一个问题。"

"你说吧。"恶魔同意说。

"一个礼拜前，我们在一起较量时，我赢了你。为什么一个礼拜后就倒转来，你赢我了呢？"

"原因在于，"恶魔回答道，"上一回，你为的是大伙的正义事业而勇敢地与我拼搏。这一回，你图的是私人的金钱，为的是个人的报复，所以我轻而易举就斗过了你。"

村长这才恍然悟出了他这次失败的原因。他后悔上一回没有实现他预先的决心：宰了恶魔。

 ## 老虎是怎样变出来的

（柬埔寨民间故事）

从前，有个国王一心沉迷于法术。在国势日渐衰弱的时候，他想以法术来振兴自己的国家，于是他想到印度学法术。

他把自己的心思告诉了王后、谋士和四个大臣。他们也都要求跟国王去学法术，国王同意了。他们在一个早上离开自己的王国向印度出发。

他们走了整整七天，终于在印度找到了法术大师。大师先教给他们一套变形法。学会了这套变形法，他们想变什么都行——鸟兽啦、妖怪啦、神仙啦……

他们学到了大师所教的全部法术，就辞别大师回国。

他们走呀走呀，走到第三天，在森林里转来转去转不出来了，他们迷路了。这时口粮也吃完了，他们只得摘野果、挖草根来填肚子。国王害怕他们这样下去会饿死，所以就同王后、谋士以及四个大臣商议：

"我们得想个办法呀,"国王说,"这样下去,我们都会饿死在森林里的呀!"

"我倒有个主意,"谋士说,"我们就用我们学过的变形法,大家来合变成一只猛兽。那时我们就能逮弱小动物充饥了。待我们回到自己的王国,再恢复我们原来的七个人。"

大家都觉得谋士这个主意出得好。

"那么,"国王说,"各位都说说自己喜欢变什么,然后大家一起来变成一只猛兽。"

四个大臣说他们愿意变成四只脚,谋士说自己愿意变成尾巴,王后自愿化为身躯。这样就差个头了,于是国王就来变头。

这样商议好后,他们就一齐念法术大师教给他们的咒语,果然,马上就变成了一只猛兽。这只猛兽后来被取名为虎,在林中百兽里称王。

老虎在森林里天天猎取麋鹿等没有防卫能力的动物来充饥,日子过得很舒心。大家渐渐地忘掉了自己的王国,觉得就那样在山林里过活也很不错。

这就是百兽大王老虎的来历。

现在我们来看老虎,虎头那么威峻,两眼凶光逼人,那是最有权威的国王变成的;老虎的身躯那么柔软,行动起来轻捷自如,那是女人的身体变成的;尾巴那样灵敏,那是国王的谋士变成的;老虎的四脚那么强健有力,爪子尖利,那是效忠于国王的四个大臣变成的。

蚂蚁姑娘

(阿富汗民间故事)

从前,有一个村里住着一个智人,他常坐在沟边,一坐就是几个钟头。他坐在那里考虑一个问题:所有地上的东西没有一样是绝对坚固不变的。

有一天,他正这样坐着沉思,忽然有只被老鹰追逐的麻雀从他头顶飞过。麻雀的嘴里叼着一只蚂蚁,当它飞过水沟时,嘴一松就把蚂蚁放了。蚂蚁落到了智人的脚边,智人把它捡起,爱怜地带回了家。这里必须说明,智人还是个有魔法的人,他会念各种各样的咒语,能把一样动物变成另一样。他把蚂蚁带回家,放在地板上,转身面对东方,念上几句咒语,蚂蚁就长高变大,最后成了个小姑娘。

智人拉着小姑娘的手,把她带到一个朋友家中,他的这位朋友已经有几个孩子了,他再收养一个孩子不会有困难的。

一年又一年，过了许多年，小姑娘长成了一个亭亭的、美丽出众的姑娘。这时候智人把她的养父请来家中，两位朋友商讨起姑娘日后的事情来。

"我琢磨着，"他的朋友说，"姑娘已经到了该给她找个生活伴侣的时候了。我们那村子里有许多长得挺棒的小伙子哩。她爱挑哪个呢，那得去问问她自己。"

然而，姑娘来到两位亲人面前（她的模样确实是又聪明又漂亮），却说：

"啊，你们两位的话，我都对不起了。你们不觉得你们说的那些小伙子一个都配不上我吗？你们曾多次这样教我：两个只有相配，才能打心底里相爱呀。"

"你说得一点不错。"智人想了想说，"可这世界上谁是可以跟你相配、一点可挑剔的地方都没有的呢？谁是最强有力的、不可战胜的呢？太阳吧，太阳连无边的黑暗都能战胜。"

"好的，那就太阳吧。"姑娘同意了。

清早，太阳刚刚升上山来，智人就大声对它说：

"呵，你真明亮！这位姑娘只有最强大者才能和她相配。你娶她作自己的生活伴侣吧？"

"她是很漂亮，"太阳回话说，"有这样漂亮的姑娘和我在一起，我当然会很高兴的。可是，很可惜，我并不是最强大的，不是能胜过一切的，乌云能胜过我。就是一块小小的乌云，它也能把我遮挡。"

于是智人和姑娘转而前去找乌云。他们找到一块停在高山腰的乌云。

"怎么说呢，"乌云对他们说，"我也非常高兴有你做我的女伴，可我的强大也是受限制的呀，风爱把我往哪儿刮就往哪儿刮。"

于是他们又去找风。

"难道我是最强有力的吗！"风对他们慨叹说，"不就是软弱的乌云，还有易弯的树木才为我让路吗？你们看，那山，它是那样的不可摧折，那样稳固地矗立在大地之上。依我看呀，世上可没有比它更强大的了。"

智人又去找山，他重复了同样的要求：要求它把姑娘娶作自己生活的伴侣。

"不行，不行。说真话，要说谁最强大，谁真正有力，要我说是蚂蚁。"山沮丧地回答他说，"我没有说假话，我能抗住狂风的劲吹，可挡不住蚂蚁在我躯体里打洞，它们把我的体肤弄得七孔八穴。它们聪明能干，又刻苦耐劳。我对它们一点儿办法也没有——既不能把它们赶开，又不能抛离它们，自个儿远远走开。我快要完蛋了。"

"你等等！"智人想了想说，他走到山跟前，在成千上万爬动着的蚂蚁中挑选了一只，把它放在一个指头上，带回到美丽的姑娘站着的地方。

"刚才这一切你都听到了，"他对美丽的姑娘说，"看吧，它配你，你觉着合适不？"

"当然合适，"姑娘回答说，"你不是听见了吗？它跟我是最相配称的了，它真是世上最强有力的了。"

这时，智人转身脸朝东方，念了几句咒语，于是姑娘变小了，变样了，它又成了一只蚂蚁。

于是两只蚂蚁手牵手，钻进了一条山缝里，不见了……

 ## 萤火虫和猴子
（菲律宾民间故事）

菲律宾岛几乎没有黄昏，白天一过，接着夜色就笼罩了一切。

这时，在柠檬和蕨草中间，一闪一闪地亮起点点萤火。

有一个晚上，一只萤火虫准备去访问自己的朋友。它在柠檬树丛上空飞着，亮起自己的明灯，为行程照明。

蹲在一株高树上的猴子，发现了这只萤火虫。它拦住萤火虫，得意地笑嘻嘻地问道：

"请你告诉我，你干吗边走边一下一下点亮你的银灯？"

"灯帮助我避开蚊子。"萤火虫和蔼地回答说。

"原来如此，"猴子粗声大气地说，"那就是说，你怕它们啰！你原来是个胆小鬼？"

"不，我不是胆小鬼，也并不是怕蚊子。"萤火虫说，

"我只不过是走我自己的路,而避免干扰别人。让蚊子一心干它自己的事。"

猴子又得意地微笑着。

"不,你就是个胆小鬼!是的,是的,你就是个胆小鬼!"猴子固执地回答说,"你怕蚊子怕得要命,不然,你不会点灯飞行的。"

萤火虫不再理会猴子,亮开明灯远远地飞走了。

但是猴子却不善罢甘休。次日早晨,它跑去告诉自己的猴伴们,并且老是叽里咕噜地说碰上萤火虫这件事。

"萤火虫——胆小鬼!"它说。

"胆小鬼!胆小鬼!"猴子们齐声地附和着,对小萤火虫取笑嘲弄。

猴子的流言蜚语很快传到了萤火虫的耳朵里。

萤火虫决定要教训教训猴子。

萤火虫飞到猴子身边。猴子正在睡觉,萤火虫亮起灯直照着猴子的鼻子尖。猴子一下醒了过来。

"为什么你到处造谣,说我是胆小鬼?"萤火虫正颜厉色地问,"明天早上你到柠檬树丛中的空阔地上来,我们当着所有兽类和鸟类的面,较量较量看,胆小鬼到底是你还是我?"

"呵——呵——呵——呵!呵——呵——呵——呵!"猴子放肆地大笑着,"你还准备跟我干上一架吗?"

"行呀!"萤火虫坚定地回答说。

"你要谁来帮你打?"猴子鄙视地嘲笑道,"要知道呵,你一个,那可不是我的对手!"

"我就是一个同你打!"萤火虫老老实实地说。

"一个?"猴子想不通了。

"是的,一个。"萤火虫又重复了一遍。

猴子终于明白了,没有什么可以使不自量力的萤火虫撤回自己的挑战,于是就决心教训教训这个小东西。

"好吧!很好!"猴子大声叫起来,"我们就干上一架!我一定来!不过你要知道,我来可就不只我一个啰。我把所有的猴子都叫来,整整十个!你要记住:它们个个都像我一样力大劲足,精壮、灵敏!"

它们就这样讲定了。

早晨来临了,太阳明亮地照在林间空地上。

猴子叫上自己的伙伴,并嘱咐每个都带上一根结实的棍子,然后来到了柠檬树丛中间。

萤火虫冷静地等待着战斗的开始。

猴子们个个雄赳赳地嚣嚷着,跺着脚,并且翻起筋斗来,预先就享受着战胜萤火虫的欢乐。

猴子一发现萤火虫,马上就整顿队伍,站成一排,它自己站在排头。按它的口令,猴子们一齐冲向萤火虫。这时萤火虫出其不意地飞到为首的猴子面前,蹲在它的鼻梁上。

说时迟,那时快,旁边的其他猴子都挥舞着棍子用尽平生之力,向小小的敌人猛击过去。可是萤火虫此时早已飞开了,致命的一棍落在猴子的鼻梁上。猴子疼得惨叫一声,摔倒在地。

萤火虫此时又辗转飞到第二只猴子的鼻梁上,第二只猴子接着又翻倒在地。

萤火虫继续从一个鼻梁飞到另一个鼻梁上。

每只猴子都用自己的棍子对准萤火虫蹲着的鼻梁打去。

很快,所有的猴子都伤的伤,累的累,全都横七竖八地翻倒在地上了。聪明又勇敢的萤火虫,这时作为一个胜利者撤出了战斗。

"谁现在还说萤火虫是胆小鬼,是怕蚊子的呢?"勇士扬声大嗓地说。

萤火虫在失败的猴群上头得意地飞绕了几圈,然后飞回自己的家里去了。

猴子感到无地自容,无话可说了。

 **饿　狼**

（乌兹别克民间故事）

饿狼东颠西跑，到处寻找可以充饥的动物。它已经跑了很久很久，实在累坏了，于是在心中暗暗拿定一个主意："现在，我碰上谁就要吃谁！"

路上，他无意中遇见了马。

"哎，马，我今天要吃你！"饿狼说着，就扑了过去。

这时，马不慌不忙地对它说：

"狼呀，我早就等着你来吃我了。你父亲在世那会就和我说定了：'我儿子将来肚子饿的时候要来吃你。'它还专门在我后蹄儿上盖了一个印章。你要不相信呀，就自个儿来亲眼看看吧！"

狼绕到马屁股后头，想看看究竟哪只蹄儿上盖得有印章。

"在这上头！"马说着，抬起它的一只后蹄儿，"喏，在这儿，你看吧！"

马照准狼的嘴脸，用出它全部力气猛踢一脚，狼一个筋斗翻出十来步远，"叭"一下倒在路上，一直没能再爬起来。

# 大海妖、狐狸和鱼

（以色列民间故事）

鱼王国的首领大海妖听说狐狸是陆地动物中最聪明的一种，便很想让自己具有狐狸的聪明伶俐。它派了几条体大力强的鱼去，命令它们把狐狸的智慧骗到手。

当鱼们游近海岸，远远地看见狐狸的时候，便拿尾巴"啪啪啪"地打起水来。狐狸发觉游在水面上的鱼，就向它们询问道：

"你们在岸边做什么呀？"

"就等你呀。"

"等我？"狐狸感到很意外，"你们等我做什么？"

"怎么，难道你还不知道？我们的首领大海妖身患不治之症，它马上就要死了，它指定你作为它唯一的财产继承人。你聪明绝顶，你的好名声传到海底，大海妖就希望你去做海底王国的女王。"

"我怎么才能到达大海妖身边呢？"狐狸问。

"就坐在我背上，"资格老些的那条鱼回答道，"我一会儿就能把你运送到那里。你到我们那里就能大享洪福，荣华富贵受用不尽。包你心满意足，吃喝顺心，寝卧随意，没有哪一样动物敢来动你一根毫毛。"

狐狸听了这番话，得意得忘乎所以，当即同意出发到远方的王国去。

鱼们游到离海岸很远的地方，看看眼前海浪汹涌，狐狸不由得胆寒起来：

"亲爱的鱼哥们，"狐狸怯生生地说，"现在，我已经由你们摆布了，你们把实情告诉我吧，你们究竟想怎么调理我？你们要把我弄到什么地方去？"

"现在，不妨把一切都告诉你吧，"鱼们同意说，"我们的国王大海妖听说你是上帝创造物中最聪明的一种，于是就打定主意要吃你的心，以便使自己变得像你一样聪明。"

狐狸一听，不由得全身抖颤了一下：

"你们为什么不早告诉我呢？我要知道是这么回事儿，我就一定把心随身揣来呀。看你们办事有多糊涂嘛！"

"莫非你的心没有在怀里揣着？"鱼们惊异地问。

狐狸回答说："没揣来呀，你们不了解我们狐族的习惯，我们从不带着心四处跑。我们都把心儿留在自己的住地，不在十分必要的情况下，不带心儿出门。现在，如果你们需要我的心，我们就回到岸上去把它给取来。我跑起来很快的，我一下就能跑到收藏着我的心的那个洞里。我藏心的地方很隐蔽，到那里我把我的心取来献给大海妖。那时，它一定会慷慨地给我奖赏的，你们一路上辛辛苦苦，也一定会受到嘉奖的。"

"你说得也在理。"鱼们同意了，折转头便向海岸游去。

狐狸一跳，跳上岸边的沙滩，高兴得翻起筋斗来。

"你干吗白白浪费时间呀？"鱼们对它说，"快点，请快点跑去把你的心取来，我们好赶快再出发上路。"

"一帮蠢货，"狐狸讥笑地回答道，"要是我胸中没有心，我怎能逃离大海妖的爪牙而得以自救呢？"

夜 莺

（乌克兰民间故事）

有一次，老爷捉到一只夜莺，打算把它关进鸟笼里。这时，夜莺对他说：

"你放了我吧，我能给你忠告。这忠告对你会很有用的。"

财主于是答应放夜莺。

夜莺给财主老爷的第一句忠告是：

"绝不要去惋惜那无可挽回的东西。"

第二句是：

"别去相信没有道理的话。"

富翁听了这两句忠告，就把夜莺放掉了。夜莺一离开，就对富翁说：

"放了我，你大大失算了。你不知道呀，我肚里有稀世的珍宝！那里装着一颗天下最大的宝石，珍贵无比。你要是得到它，就一定会变得要比现在富有得多！"

老爷一听，心里懊悔得不得了，马上对着夜莺跳过去，想一把将夜莺重新抓住。

这时夜莺说："现在我知道了，你们老爷都是又贪心又愚蠢。你惋惜无可挽回的东西，又相信我愚蠢的谎话。你看看我的身子是多么小呀，怎么会在这样一个小小的躯体里包容一颗世间最大的宝石呢？"

说完，夜莺就飞到自己向往的地方去了。

 # 兔子吓住了老虎

（越南民间故事）

有一次，兔子碰见了大象。

"你怎么啦，伯伯？"兔子问，"为什么泪流满面的，这么悲伤？"

"我今天中午就要死了，我能高兴得起来吗？"大象回答说。

兔子感到这太难以相信了：

"你怎么会要死呢，大象伯伯？瞧你的身体多壮实！"

"事情全坏在老虎手里，"大象解释着，深深叹了口气，这一口气震落了许多树叶，"事情全坏在老虎手里。它命令我今天中午在水塘边等着它，说定了在那个地方吃我……"

大象低下了头，连象鼻都拖到地上了。

"什么不好怕，去怕老虎！"兔子感慨地叹了口气说，"这样吧，你把我放在你的头顶上，你就会得救了。"

兔子爬上大象的头顶后，说：

"现在你就向水塘大步走去，不过你记住，我的手掌在你脸上拍一下，你马上得倒在地上装死。"

大象大步走到水塘边，远远就看见老虎来了。兔子当着老虎的面发出一声刺耳的叫声，咬着大象的耳朵，大声说：

"多么难吃的肉呀！象肉不能吃。我还是剥下这张象皮给我的主人当垫褥去吧！"

兔子在象脸上击了一巴掌，大象马上躺倒在地上装死。

老虎害怕极了。竟有这样的野兽——一巴掌就能把大象打倒！

兔子从大象身上跳下来，走到水塘岸边，头朝着老虎的方向，用感叹的口气说：

"该我好好吃上一顿了！我这辈子吃过的东西之中，没有比虎肝更好吃的了！"

兔子抬起后腿，无畏地向森林的最高统治者扑了过去。

这时老虎再也不能坚持了，它不由得胆寒起来，逃进了密林中。兔子在它后头大叫：

"你跑不了！今天我找遍森林也一定要把你找到，吃了你！"

老虎飞快地窜回自己的山洞，气喘吁吁地说：

"多么可怕的家伙，还是不要惹它的好！我这就搬到邻近的那座森林里去过日子。"

老虎真的这样做了。

大象把自己的救星描述给森林里所有的野兽听。百兽都夸赞聪明的兔子，嘲笑愚蠢的老虎。

 **随机应变的兔子**

（缅甸民间故事）

几千年前，熊、猴和兔子相互都是邻居，共同生活在一座森林里。

熊和猴只要一碰上兔子，就在它面前夸耀自己。熊说：

"我在野兽中是最大、最有力气的，我要是想打，就可以打你一熊掌。"

猴说起来就没完没了：

"百兽中数我最灵活了。我能从这棵树跳到那棵树。而你，兔子，只会从这个墩子跳到那个墩子。我能用尾巴吊在树上荡秋千，从早到晚。而你呢，兔子，你连尾巴都没有。"

有一天，正当熊和猴在兔子面前自我夸耀着力气、智慧、灵活和机敏的时候，忽然从森林中跳出一只凶残的狮子。兽王饿慌了，它看见熊、猴和兔子，就拿定主意要吃它们。于是，狮子一边向熊走近，一边问：

"你告诉我，熊，你从我的嘴里闻到了一股什么味儿？"

它说着便张开了血盆大口让熊闻。

熊伸长鼻子闻了闻，说：

"大王，您天天吃肉，因此从您嘴里喷出来的这股味儿叫我一闻就恶心。"

"你是一个不懂礼仪的家伙！"狮子吼叫起来，"你敢污辱自己的元首？因此，我判处你死刑！"

它举起力大无比的手掌，啪一下就把熊给打死了。

然后，狮子又走近猴子，问它：

"你告诉我，猴子，我的嘴里散发出来的是一股什么样的气味？"

狮子说着又张开了血盆大口。

猴看了看死在一边的熊，喃喃地说：

"呵，大王，千真万确，您嘴里开放着世上最香最香的鲜花。啊，从您呼出来的热气中，我闻到了阵阵奇异的芬芳！我向您恳求，我的元首，再向我喷一次您的香气吧……"

"你是个骗子，专拍马屁的畜生！"狮子吼叫着，"你竟敢向自己的君王撒谎！我天天吃的是肉，嘴里哪来的什么花香？由于你说谎，现在我就把你处死！"

它举起力大无比的手掌，啪一下就把猴给打死了。

过后，它又向兔子走去，命令道：

"你告诉我,从我嘴里散发出来的气味好闻还是不好闻?"

心惊肉跳的兔子往右看,有被打死的熊;朝左瞅,有被打死的猴。它壮起胆子上前嗅了三次,说:

"请别发火,公正的大王!因为今天我伤风了,鼻子堵塞得厉害,所以什么气味也嗅不出来。请允许我明天再来答复您的问题。"

说着兔子连连打了三个喷嚏:

"阿——嚏,阿——嚏,阿——嚏!"

狮子生气地大吼一声说:

"好吧,明天你一定来告诉我,从我嘴里散发出来的气味好闻还是不好闻。现在你滚开,别来妨碍我用餐!"

兔子头也不回地飞跑着离开了狮子。它吓得连自己都忘了,只一个劲儿地跑,待到回过神来,这才发觉已经跑进了一片陌生的森林。

"现在好啦!"兔子得意地说,"就让狮子等着去吧,在残暴的君王没有翘辫子以前,我的伤风是好不了啦!"

 **老虎敲鼓**

（越南民间故事）

在森林里，野兽无论大小，都没有不怕老虎的，可是猴子却多次捉弄了老虎。有一回，猴子教老虎上树摘果子吃，说捏着软的那些果子里头有蛆，即使摘着了也得丢掉，而那些青的、硬的才好吃。于是，老虎在树上挑着生果子大吃了一通，熟果子却都丢下树来，猴子就在树下捡现成地吃甜果子。后来老虎也试着尝了一个熟果子，发觉原来熟果子的味道很鲜甜，这才恍然大悟。它怒气冲冲地从树上跳下来，但猴子早已逃跑了。

老虎紧紧追赶，把猴子赶上了一棵高插云霄的大树。老虎敲鼓的故事也就从这里开始了。

"猴头，"老虎停在树底下，大吼了一声，"你胆大包天，竟敢欺骗我，看我怎样把你撕个粉碎！"

猴子心想现在恐怕难以脱险了，因为它刚才慌慌忙忙只顾往上爬，却没有看清爬的这棵树上挂着一个像一面大鼓似的野蜂窝。如再往上爬，得挨马蜂蜇，而退下树来，就会落进老虎口中。但是猴子即使处在这样的险境中，也没有惊慌失措。

"饶我这一回吧，老虎大伯！你大概是找那只骗你吃生果子的猴子吧？可我却是打鼓的猴子呀。"

猴子说着，慢慢地小心翼翼地爬近马蜂窝，做出举掌击鼓的样子。与此动作相配合，它鼓起两腮，发出"嘭——嘭——"的"鼓声"。

这正是老虎非常喜欢的玩意儿。

"好吧，猴子，我也来敲！"老虎高兴地说。

猴子却装出很不愿让位的样子，在树上磨磨蹭蹭地不想下来。可老虎已经等不得了。

"你快给我滚下来，把那位子让给我！"

但是，猴子还是耐心地对老虎说：

"别慌，你得先折一根粗细适当的棍棒，这样敲起鼓来才方便，然后再扯一根韧性很好的藤条，以便把你自己捆在树干上。"

老虎跑进树林里，不一会就按猴子吩咐的那样，把棍棒和藤条都弄到了手。接着，猴子帮助老虎爬上了树。爬到蜂窝边，猴子指着说：

"喏，这就是大鼓。"

老虎举槌就要击鼓，猴子忙拉住了它：

"别忙，还没全准备好哩！"

它拿过藤条，把老虎牢牢地缠在树干上。

"这是干吗?"老虎问。

"必须把你捆好,"猴子解释说,"过一会儿,当你听到愉快的鼓声,就会情不自禁,就会得意忘形,就会飘飘欲仙,这样弄不好就会掉下树去的。现在这样捆牢,你就整天在这里敲鼓都不打紧了。那有多快活,好得劲儿呀!你挣挣看,藤条捆紧了没有?"

老虎使劲挣了几下,尽管看起来藤条已经捆得很结实,可它还是要猴子再给自己捆紧些,猴子自然是十分愿意效劳的。猴子把老虎捆得只剩一条前腿可以活动,老虎用这条前腿夹住鼓槌准备打鼓。

"现在一切都准备好了。不过你别急,等我给你一个信号,你就猛打吧。"

猴子说完这话,忙从树上跳进了茂密的树林里,一下子跑了相当远的距离。老虎很不耐烦了,它拿紧鼓槌在那里等候猴子的信号。

"敲吧,大伯!"猴子远远地喊。

"嘭——"

老虎用全力猛敲了一下蜂房。顿时,马蜂像云涌一样从里头猛冲出来,直往老虎身上扑去,密密麻麻地落满了它一身。老虎闭上眼睛,高声吼叫着,声震森林,但马蜂可不怕这吼声。老虎拼命挣扎,使那棵大树直摇晃,然而藤条紧紧捆住了它,它怎么挣扎也脱不了身。

老虎这才明白又一次被猴子捉弄了。

 为什么老虎爱吃猴

（印度尼西亚民间故事）

在很古老、很悠远的年代里，有一年不幸发生了一场大旱。森林里的青草死光了，树木都枯萎了，河流也干涸了。连老虎都没有兽肉可吃了，只好吃些虫虫之类的东西打发日子。

渴得最难熬的是水牛。它体大、食量也大，向来习惯于豪饮。现在，尽管它从日出到日落东跑西走地寻找青草，可也没有能找到。

水牛一天比一天瘦弱下去。有一天，当它因饥饿摇晃着身子，好不容易走到一条无名河边，忽然发现了一片不大的绿草地。

鹿们在那里啃着青草。开始鹿们很怕水牛，但后来发觉水牛十分虚弱，就群起向它攻击，把它赶开了。

于是，可怜的水牛用最后一点力气，拖着、挪着，好不容易来到了兽王老虎那里。老虎正躺在树荫里，贪婪地

吃着蚱蜢。

水牛在老虎面前站定，稳住神，说：

"呵，森林的元首！我快要饿死了，您救救我吧！您下个圣旨吧，让我跟鹿们同吃那河边绿草地上的草吧！如果您救了我，我现在就做您忠诚的奴仆，我的生命也就属于您。"

老虎可怜水牛，回答说：

"你跟着我去好了，谁也不敢当着我的面欺负你的。"

它们一起出发，向河边走去。鹿们看见强大的国王来了，只好不声不响地向四方让开，于是水牛统治了这片绿草地。

从此，老虎和水牛成了朋友。水牛在老虎身边对谁也不用害怕。水牛不住地在草地上打滚，压死蚱蜢和草虫让老虎吃，老虎对于水牛的帮助也深感满意。

过了不多几天，水牛就变得膘肥体壮、力大无穷。

但是后来，事情起了变化。老虎在去喝水的路上，碰上成天手舞足蹈的猴子。猴子说：

"呵，国王，您天天蚱蜢啊草虫，草虫啊蚱蜢，不感到吃得腻味儿吗？都说您晚间还不厌其烦地一个个抓跳蚤吃，您怕是不知道兽肉比虫虫的味道要鲜美一千倍吧？我可以告诉您一个秘密：世上味儿最鲜美的食物是水牛肉。您去尝尝看，尝过了您就会相信我说的这话千真万确。"

老虎听信了猴子的话，低声自语道：

"天旱那阵，水牛说过的，它的生命属于我，今天我就吃了它。"

老虎连走带跑地来到绿草地。在那里,它的朋友正啃着草哩,全然没料到大祸马上就要临头。老虎来到水牛跟前,说:

"你为了酬答我救你,使你免于饿死,曾答应过把你自己的生命献给我的。现在是履行诺言的时候了。我这就要拿你饱餐一顿!"

水牛听老虎这么一说,立即狂怒起来,大眼顿时发红,肌肉即刻紧张地隆起,一对怪吓人的利角冲老虎瞄准着,蹿上前去投入战斗。

老虎一步一步往后退缩,连声凶恶地吼叫着。

水牛说:

"连我快饿死的时候,都不会不经拼搏就献出生命。现在我的元气已经恢复,劲大力足,对谁我都不怕了!瞧,我的力气有多大!"

说完,水牛扬蹄向前一跳,一对尖角往一棵老棕榈猛地扎去,嚓一声把树干扎穿了。然后水牛跑上一个土墩,牛蹄猛地使劲一踩,土丘稀里哗啦垮了下来,无数砂石纷纷滚落。

"你自食其言!"老虎愤愤地狂叫道,"难道不是你自己说的献给我生命的吗?难道不是我在你饿得要命的当口救你,才使你免于一死吗?"

水牛回答说:

"我承认我说过的话,我将永远忠诚于您,并且不惜牺牲自己的生命,来保卫您免受敌人的袭击!"

"我用不着你来保卫我,你这忘恩负义之徒!"老虎吼叫着,"你知道吗,现在我要吃兽肉充饥,而不是吃我吃厌了的蚱蜢草虫!我非尝尝你的肉味不可!"

接着,老虎把尾巴狠狠地一摔打,就消失在树林里了。

当水牛独处的时候,它感到实在太纳闷了:不能吧,老虎是自己最要好的朋友呀,可转眼间却成了不共戴天的死敌了!

与此同时,老虎也很伤心。它为失去水牛的友情感到十分惋惜。可是,猴子这个搬弄是非的家伙,已经风风火火地讲得森林中的百兽都知道了老虎赌咒发誓要吃掉水牛的事。老虎为了不在下属面前丧失尊严,正在四处寻找水牛决斗。

要趁水牛不备时进行攻击,可是不容易的。老虎向它扑了三回,水牛三回都用自己的尖角击退了老虎的进攻。全身的虎皮上下左右都被牛角挑得个七孔八穴。

于是老虎另打主意,从牛屁股方向去攻击。可是水牛时时警觉留神,每次都来得及掉转自己富有威胁力的双角来对付。

老虎为了吃水牛肉弄得一身破烂,它于是转了个念头去找猴子。

猴子看见老虎,大声招呼道:

"您准是来感谢我给您出的好主意吧?喂,您喜欢水牛肉吗?"

"水牛可不傻,会把自己的肉给我吃?"老虎怨气十足地说,"不过,反正我已经知道牛肉是什么味道了!"

冷不防,它干掉了猴子,吃了它的肉。

老虎觉得猴肉吃起来挺有味。从此,老虎不再吃蚱蜢草虫,开始猎食众兽了。在所有肉中它最喜欢的是猴子肉。

而水牛从那时起,便总是时时提防着老虎的突然袭击,平时在森林里,也总是瞻前顾后,看森林之王会不会从屁股后面突然袭击。

鹿和葫芦

（苏联乌兹别克民间故事）

不知是否真有这么一头鹿，也不知它的肚子是饥还是饱，我们只知道这头鹿在山坡岩洞里有个窝。有一天，一个人路过这个山洞时，随手在鹿窝入口处的树上，挂了个干葫芦。干葫芦"特突特突"地响，白天响，晚上还响，没日没夜地乱响。自从洞口树上挂上葫芦的那天起，鹿就没敢出洞去找食。

每天早上，鹿小心地往洞口走去，但当它一听到"特突"的响声，就赶紧步步后退，一直退回窝去，缩在角落里。它揣摩着："这一定是猎人来了！"

一直过了十来天，鹿都没敢迈出窝去。它饥饿得浑身瘫软了。

最后，它咬了咬牙："饿死，这有多窝囊，倒不如落入猎人之手。那样，就是死，也总算是死得明明白白！"

它蹑着四条细腿走到洞口，伸头一探望，这才看清原来是一个挂在树上的葫芦在响。风吹着葫芦不停地摇晃，一边摇晃一边发出"特突特突"的响声。

"啊，原来是这个葫芦害得我差点饿死！"鹿恼羞成怒，"我这就把它从树上扯下来，好好跟它算算这笔账！"

鹿用它的长角把葫芦从树上扯下来，拴在自己的尾巴上，便撒腿奔跑起来，葫芦乒里乓啷敲在岩壁上，砸在石头上，撞在树根上。鹿跑呀跑呀，终于跑累了。

"我拖不死你，葫芦，我现在就把你淹死。"鹿说完，就走到一眼山泉边，把拴着葫芦壳的尾巴浸到泉水里去。葫芦嘟嘟灌满了水，就拽着鹿尾巴往水底里沉。

鹿吓慌了，它憋着劲拼命挣扎，它哀哀哭求着："我的小心肝，葫芦小宝宝，我的朋友，放开我吧！"突然，只听"嘣"的一声，鹿尾巴扯断了，葫芦也沉进了泉底。

鹿离开了山泉好一截，这才伤心地说：

"呵，要不是扯断了尾巴，葫芦准把我拽进泉水里去了，我差点送掉老命哩。"

它虽然感觉断尾疼得难受，可它还是为自己的幸运而高兴。于是，它又欢欢喜喜地跳着蹦着进森林去了。

 **猫头鹰怎样学唱歌**

（苏联爱沙尼亚民间故事）

古时候，所有的鸟儿都唱同一个调儿。这样，一切都乱了套。往往发生这样的事：鸽子听见美妙的歌就想，这是自己的小鸽儿在用银铃般的嗓子在歌唱哩，但随歌声飞扑下来的却是老鹰的利爪；红胸雀呼唤自己的小鸟，可应声而来的却是小灰雀……到后来，鸟儿们都觉得，再这样下去就过不成日子了，于是大家商定，编出各种歌调，放在一只大木箱里，每只鸟儿按次序抽取一个曲谱，抽到什么歌，就唱什么歌，并且世世代代传下去。

在鸟儿们约定的时间里，林子四方的鸟儿们都飞到同一地点来抽取曲谱。

只有猫头鹰姗姗来迟。它们都是些大懒虫，顶爱睡懒觉。向约定地点飞来的鸟儿在路上看到两只在树枝上打瞌睡的猫头鹰，就招呼它们同去，但它们只是半睁起圆眼，其中的一只说：

"着什么急呀？最好听的歌调儿总是最长的，因此也总是最沉，它们必定被塞在箱子底，那就留着我们去取吧。"

它们磨磨蹭蹭、懒洋洋，到傍晚才飞去领曲谱。可是一看箱底，已经空空荡荡，啥也没有了，所有的歌调儿都被别的鸟儿们领走了。就这样，猫头鹰们什么歌调儿也没领到。

可没有歌调儿怎么挨过这一辈子呢？它们面面相觑，不知道今后歌调儿该怎么唱，它们苦恼极了。最后，它们说：

"我们自己想个歌调儿出来唱唱算啦。"

但是要编歌调儿又谈何容易！它们一会儿把声音扯得很高，直刺耳鼓，一会儿降得很低，嘶哑难听。它们编出这样不成调儿的东西，还高高兴兴地自己给自己叫好哩！这时忽然传来梅花雀的歌唱。唉，就是那可怜的梅花雀所唱的歌儿，也比猫头鹰们编得最悦耳的乐段还要好听得多呀！

猫头鹰们灰心丧气了。然而它们周围的鸟儿却从早到晚不住声地唱呀唱，唱个不停。它们可真羡慕极了！

一天晚上，两只猫头鹰朋友在村外林子里相遇。它们各自诉说着没有歌调儿的悲苦心境。这时，其中一只猫头鹰说：

"我们为什么不去向人学唱歌呀？"

"嗯，这倒是个挺好的主意，"另一只猫头鹰说，"我刚才听说，今晚有个小村子里的人家举行婚礼。我知道，在婚礼上，人们唱的都是最好听的歌儿。"它们这么说就这么干了。

猫头鹰飞进了村子，落在结婚人家的院子里，蹲在靠农舍的苹果树上侧耳倾听。可是，它们的运气也真不好，闹房的客人们偏偏都不唱歌。

它们俩在树枝上蹲得有些不耐烦了。

"看来，我们不能从人这里学到歌调儿了！"一只猫头鹰说。它们灰心得已经准备各自飞回去了。

恰在这时，门"咿呀"一声开了，传出来一阵喧哗声，有个人兴高采烈地跑出来，大声大气地喊道：

"呜——呜——呜！"

"妙极了，这就是我的歌，妙极了，我就这么唱！"一只猫头鹰赞不绝口。

"好啊，"它的女友回答道，"那么，从此以后你就这样唱吧！"

这时，马厩里有匹马醒过来。它一醒就大声儿喷鼻：

"呼儿——呼儿！"

"这就是我的歌，我的歌就这样唱！"另一只猫头鹰立即大叫起来。

两只猫头鹰都高高兴兴地飞走了，它们想早些飞回自己的林子里去，好在其他的鸟儿面前夸耀夸耀自己奇妙的好歌调。

所以，一直到如今，每到夜间，你无论是走进松林，还是桦树林或枞树林里，都能听到猫头鹰们在此呼彼应地叫。

一只叫：

"呜——呜——呜！"

一只和：

"呼儿——呼儿——呼儿！"

这就是古时候的猫头鹰从人们的婚礼上学来的歌。

为什么猫在早餐后才洗脸

（苏联立陶宛民间故事）

有一次，一只麻雀飞进了一户农家，咚咚咚地啄起谷粒来。

麻雀在草地上跳着，捡拾着谷粒，一颗接一颗。这时，主人家的猫从屋角里看见了这情景。猫看着看着，突然唰地纵身一跳，就叽一声把雀儿给逮住了！它把雀抓到瓦楞间，说：

"今天我这顿早餐不赖！"

"使不得，使不得，猫老爷！"麻雀叽叽喳喳地说，"你这就要吃我啦？"

"你以为我抓你来是为了好玩吗？"猫用鼻孔说着，准备把麻雀的头先扭下来。

"你真不知害臊，猫老爷！"麻雀又叽叽喳喳地说，"你忘了洗脸了呀！你难道不知道，你的主人、你的主妇、所有世上的人，都是先洗脸后用早餐的吗？"

"这倒也是!"猫说着,就把脚爪儿提起来,打算好好儿把猫脸洗一洗。

这时麻雀可不犹豫,它一下跳出很远,扇了扇翅膀嘟一声飞走了。

猫后悔自己上了麻雀的当,太后悔了。

"不,从此以后,你可骗不了我了!"它说,"让人们按他们的习惯先洗脸后用早餐吧,我可要先吃早餐后洗脸。"

从那以后直到如今,所有的猫都是先吃东西后洗脸。

自己暗算自己

（阿拉伯民间故事）

有一次，一个玻璃匠教唆一个疯子说："人家疯子都去砸玻璃，可你干吗整天游手好闲，一块玻璃也不去砸？去，去砸玻璃吧！你砸烂了我来装。"

疯子听玻璃匠这么一说，就跑到玻璃匠家门前，一边疯疯癫癫地手舞足蹈，一边捡石子砸玻璃窗。乒里乒哪，直到完好的玻璃一块不剩。

过了一会，玻璃匠回到家，一看玻璃窗统统被砸得稀巴烂，不由大怒。他转身就飞跑去找疯子，挥舞拳头要揍他。

"你生我什么气呀？"疯子反问道，"那不是你亲口对我说的吗——'去砸玻璃吧'。"

"我那是叫你去砸别人家的玻璃窗呀，你砸烂了我好去装！"玻璃匠愤愤地高声叫嚷道。

"要是我砸烂的不是你家的玻璃窗，"疯子反驳道，

"那么别人家的玻璃窗破了,就可能去请别的玻璃匠来装。可砸烂你家的玻璃窗,我不用担这份心了,你总不会还去叫别人来给你家装玻璃,你一定会自己动手的。"

 **门德拉斯的贼**

（阿拉伯民间故事）

有一个人出远门时，把许多金钱带在身边。一路上，他生怕被强盗抢劫，"要是一伙贼在路上把我抢了，那该怎么办？"他寻思道，"我可是只身无援呀。"他为自己凶险的漫长旅程而感到忐忑不安。

当他在美丽的门德拉斯城歇下脚来，便决定把钱留在这座美丽的城市。他从街的东头走到西头，又从西头踱到东头，终于，他看中了一家小店铺。掌柜的是个模样儿挺和善的人，一口答应了替他把钱安全保管到他最后回到这个美丽的城市。

旅途十分遥远而艰苦，然而这位出门人却十分轻快，因为他的钱留在城里，有人为他安全保管着呢。

终于，他旅行归来了。天黑之前，他急急忙忙赶回到了门德拉斯城。一下马，就进小店铺去取他的钱。

"你是谁？"掌柜的问，"我不知道你讲的是什么！"

接着，他就一把将这个可怜的出门人推出门外。

可怜的出门人无计可施，但不甘心自己的钱如此轻易地被骗子吞掉。最后，他只得去拜见门德拉斯城的首领，向他叙述了事情的经过。

事有凑巧，这个首领恰好是个公正的人。他决定怎么也得证实这个出门人的话是真是假。

"你回到那个小店铺去，"他吩咐道，"坐在那个店铺门前，坐它三天，不要跟任何人搭讪，甚至对掌柜你也别去理睬。到第四天，我将从你身边走过。当我向你打招呼时，你只当作是很平常的事，让别人觉得我们是一对老相识。"

这样，出门人就在小店铺门前默无声息地坐了三天。第四天早上，街上人声喧哗，人们纷纷为他们的首领闪开道路。当首领在这个陌生的怪人身边站下来时，观者无不感到惊奇。

"老朋友，你光临鄙城有何贵干呀？"首领打招呼说，"我能帮得上你的忙吗？几时光临鄙舍坐一坐呀？"

那小店铺掌柜目睹了在他门前发生的一切。于是，首领前脚走，小店老板后脚就三步并两步地来到出门人面前，毕恭毕敬地问道："先生，不久前，好像就是你把钱存在我这里的吧？快进来，我这就把钱还给你。你去得可真久啊，我远方的朋友！"

出门人拿回了自己所有的钱，高兴地跑到首领那里，对首领深表感激。

首领认为是出门人的帮助才抓到了贼，于是赏给了出门人不少礼物，并差人把他送回家。然后，下令把那贼掌柜打入监狱。"这是我的天职，"首领说，"谁要是想偷一个可怜的出门人的钱财，安拉真主就少不了要惩治他的。"

 ## 守财奴和砍柴人

（阿拉伯民间故事）

有个守财奴在一座偏僻的树林里行走。走着走着，忽然一失足跌进了一个很深的陷阱里。他用尽平生力气一次又一次往上爬，无奈陷阱壁又陡又滑，再拼命爬也是枉然。

这时，不幸中的万幸——来了一个砍柴人，他用绳索拖着一截木头。他一听到守财奴的叫喊声，就忙赶过来，伸头往陷阱里探望。守财奴已在陷阱里蹲了整整一天。他急于要爬出陷阱，以求得一条活命，顾不得深思熟虑，便哀求开了：

"我给你一枚金币，你救我上去吧！"他大叫道。

"行！"砍柴人从木头上解下绳索，一端系在树上，另一端抛给守财奴。在砍柴人的帮助下，守财奴攀着绳索爬出了陷阱。当他一爬到上面，就后悔刚才一时性急而出口的许诺了。最后他很不情愿地打开钱包，拿出一枚闪闪发

光的金币，但是他把它扔进了陷阱里。

"你要它，就下去捡吧！"他奸笑着，自以为得计。

砍柴人不得不抓着绳子下陷阱去捡金币。这时，守财奴马上把绳子抽了起来，使砍柴人抓不到下头的一端。

"刚才你帮我的忙，我出了一枚金币，现在你要我帮忙，你也得出一枚金币啰，这是公平买卖呀！"

砍柴人心里虽然气愤至极，但他知道没有绳索，他是无法爬出陷阱的。所以不得不把金币扔还给了守财奴。守财奴先急忙把金币藏好，然后才放下绳索。

砍柴人一爬到上面，劈手将守财奴的钱包夺了过来。

"强盗！"守财奴大声惊叫起来。

当然，砍柴人不是强盗，他是个老实人。他只把那枚应该归他的金币从钱包里拿出来，放进自己的衣袋里，然后就把钱包扔进了陷阱里。

"要钱，你也下去捡吧！"说完，他哈哈放声大笑。接着又用绳索把木头系牢，拖起木头，赶他自己的路去了。

 **面包和金子**

（阿拉伯民间故事）

阿巴斯是个穷苦的农人。他整天整天地干活，以求自己和家人能糊口度日。一有空闲，他就老是想发笔财，以摆脱苦难。

有一天，天气毒热，阿巴斯还照常下地去。他干得实在太疲劳了，就坐在一棵树下。坐着坐着，他就迷迷糊糊地想起美事来了："要是安拉真主给我一份魔力，让我能够做到凡是我的手指碰到的东西都变成金子，那我就不用再这样辛辛苦苦地劳动，就能过上称心如意的生活。"

他正这么想着哩，忽然听见一个声音：

"喂！阿巴斯！你心里想的现在都能办到！你手指摸到的物件能立即变成金子。"

阿巴斯不敢相信自己的耳朵。可他还是把手伸出去在地上拿起一块小石子。他的手刚一碰到石子儿，石子儿立即变成一块纯金。阿巴斯又把手指碰向另一块石头，也同样即刻变成金子。

阿巴斯喜出望外，他想："现在我就动身进城去，把大大小小的石头都点成黄金……有了金子，我就能有很多地，我就在河岸上盖起一座宫廷，四周都有宽阔的花园……我要买上许多骏马，穿上华贵的服装……"

他这样想着，就要从地上站起来，但他感觉极度疲倦，饥渴得厉害，他这才明白他不能挪步了。

"让我来吃点我早晨从家里带来的食物吧。"他这样拿定了主意，并伸手去取放在树旁那小口袋里的早点。阿巴斯拿起饼子送进嘴里，猛一咬，忽然感觉到他咬的是一团金属——连面包也变成金子了！

口袋里还留着一个葱头，阿巴斯慌忙地抓住了它。但正如他所惊慌忧虑的那样，他一碰到葱头，葱头就成了一块金子，他还是吃不成。

阿巴斯吓得灵魂出窍。现在他可怎么吃、怎么喝呢？他在这个金块堆积的世界里，可怎么生活呢？这不是明摆着的吗？他很快就得饿死、渴死——这些到手的金子他还一点没有利用就得死掉了。

阿巴斯这样思忖着、想象着：既然凡是他碰到的一切都变成了金子，那么他是非饿死渴死不可了。

这时他睁开了眼，发觉树荫已经移开了，他这才恍然大悟——刚才的一切只不过是一场梦。他长叹了一口气，顿时觉得上下一身轻快，就像顷刻间从双肩卸下了两座大山。

"安拉真主保佑,多亏刚才这一切都只是个梦!"他自言自语道。

统编小学语文教科书指定阅读书系
（名师讲读版）

一年级

一起念童谣	金　波　主编
一起读童诗	王宜振　陈曦　主编

二年级

小鲤鱼跳龙门	金　近　著
"歪脑袋"木头桩	严文井　著
小狗的小房子	孙幼军　著
一只想飞的猫	陈伯吹　著
孤独的小螃蟹	冰　波　著
七色花	（苏联）瓦·卡达耶夫等　著
愿望的实现	（印度）泰戈尔　著
神笔马良	洪汛涛　著
一起长大的玩具	金波等　著

三年级

安徒生童话	（丹麦）安徒生　著
格林童话	（德）格林兄弟　著
稻草人	叶圣陶　著
伊索寓言	（古希腊）伊索　著
中国古代寓言	谢　浩　编著
克雷洛夫寓言	（俄）克雷洛夫　著

统编小学语文教科书指定阅读书系
（名师讲读版）

四年级

中国古代神话选编	袁 珂 著
希腊神话故事	（德）古斯塔夫·施瓦布 著
世界神话故事	韩景明 编著
十万个为什么	（苏联）米·伊林 著
森林报	（苏联）比安基 著
穿过地平线	李四光 著

五年级

一千零一夜	仲跻昆 刘光敏 编
列那狐的故事	（法）季罗夫人 著
中国民间故事	刘守华 陈丽梅 主编
世界民间故事	韦 苇 编译
西游记	吴承恩 著
三国演义	罗贯中 著
水浒传	施耐庵 著
红楼梦	曹雪芹 著

六年级

童年	（苏联）高尔基 著
小英雄雨来	管 桦 著
爱的教育	（意）亚米契斯 著
鲁滨逊漂流记	（英）丹尼尔·笛福 著
骑鹅旅行记	（瑞典）塞尔玛·拉格洛夫 著
汤姆·索亚历险记	（美）马克·吐温 著